Л.З.10

D1729494

Eugenie Kain

Schneckenkönig

Eugenie Kain

Schneckenkönig

Erzählungen

OTTO MÜLLER VERLAG

ISBN 978-3-7013-1158-3

Satz: Media Design: Rizner.at, Salzburg
Umschlaggestaltung: Ulli Leikermoser, Salzburg
Umschlagfoto: © jhuth/PIXELIO
Druck und Bindung: Druckerei Theiss GmbH, A-9431 St. Stefan

Ain't talkin', just walkin'
Through the world mysterious and vague
Heart burnin', still yearnin'
Walking through the cities of the plague

Bob Dylan

Oh Unvernunft, Unvernunft, Unvernunft.
Einen Reisenden zu sehen, ohne ihn auszufragen.

Sprichwort der Tuareg

Können Musen fliegen?

Eine Geschichte will geschrieben werden. Diese Geschichte will geschrieben werden. Die Geschichte vom Tankhafen und dem Tankschiff und der Tankwartin, die nach den Schiffen horcht. Vor allem die Geschichte dieser Frau will erzählt werden. Das Abendrot verfängt sich zwischen den spiegelnden Metallzylindern mit den Treibstoffreserven der Stadt, und der Tankhafen lodert auf. Sie sieht es nicht. Die Stromkilometer der Donau wickelt sie in Gedanken wie einen Wollfaden zum Knäuel, um ihn gleich wieder zu straffen: Wien, Bratislava, Budapest, Belgrad, das sind die Hauptstädte der Donau. Dazwischen und davor und danach Landschaften. Und Städte wie Linz. Nicht jede Stadt hat so einen Hafen. Und nur auf diesem gelb-grün gestrichenen Tankschiff sitzt eine Frau, die wartet und wartet und wartet. Wenn sie das Radio leiser dreht, hört sie, wie die Wellen an die Bordwand züngeln. Sie dreht das Radio nicht leiser. Die Tage und Nächte sind eintönig. Die Tage und Nächte sind lang. Die Palette mit den Bierdosen steht in Griffweite und die Dopplerflasche auch. Das sanfte Schwanken des Schiffes hat sich in ihr breit gemacht. Im Seemannsgang stöckelt sie durch das Leben. Vom Tankschiff über die Schienen des Hafengeländes zur Busstation.

Von der Busstation in die Wohnung. Von der Wohnung wieder zum Tankschiff. An freien Tagen ins Stammlokal. Mit den Gedanken nie ganz bei der Sache. Ein Teil der Gedanken immer draußen bei der Freundschaftsbrücke, der letzten Donaubrücke, Stromkilometer 493.

– Das soll eine Geschichte werden? Kann das eine Geschichte werden? Schon am Anfang mangelt es an Präzision. Das Tankschiff ist ein Bunkerschiff. Binnenschiffe tanken nicht. Sie bunkern. Sie bunkern Treibstoff und Ersatzteile und andere Dinge, die Matrosen auf der Fahrt die Donau stromauf und stromab brauchen. Die Tankwartin ist keine Tankwartin, sondern die Geliebte des Tankstellenpächters. Er schwenkt den Zapfhahn. An den Treibstoff lässt er sie nicht heran.
Genauigkeit, meine Liebe, Genauigkeit. Stimmt das Detail nicht, wird die Geschichte nicht stimmig.

– Bunkerschiff. Wie das klingt. Auch Freundin des Tankstellenpächters klingt nicht gut. Das hat keine Melodie. Müsste es nicht Tankschiffpächter heißen? Warum lenkst du mich ab? Ich schreibe den ersten Entwurf dieser Geschichte. Du bist schon beim Endlektorat. Ich aber bin noch gar nicht im Schreibfluss. Ich wate im Uferschlamm. Diese Geschichte will geschrieben werden. Das ist

nicht einfach. Von den Sätzen rutsche ich ab wie von glitschigen Steinen. Also Geliebte des Tankstellenpächters.

Der Tankstellenpächter ist Steirer. Er heißt Otto. In den Linzer Tankhafen hat es ihn zufällig verschlagen. Er hätte sich auch am Bodensee oder in Eisenstadt niedergelassen, wenn die Mineralölfirma dort nach einem tüchtigen und mutigen Mann für ihre Tankstelle verlangt hätte. Bier verkaufen, das Geld für den Sprit kassieren, Semmelteig in die Mikrowelle schieben, sich zu den Fernfahrern und kostenbewussten Trinkern aus der Nachbarschaft ins verqualmte Kammerl an den Stehtisch stellen. Kaugummidiebe überführen und insgeheim von überwältigten Räubern träumen. Eine gut geölte Walther in Griffweite. Wer Arbeit sucht, der findet sie.

Der Rest der Familie war längst in das Heimattal zurückgekehrt. Die Frau fühlte sich sicherer mit Bergen im Rücken und Bergen vor Augen. Die Kinder wollten in dieser selbstgefälligen Industriestadt nicht länger wegen ihres Dialektes gehänselt werden.

Zu den Feiertagen fährt er heim. Die Ferien verbringt er mit Frau und Kindern auf Almhütten und Skipisten. Er schickt Geld, für die Ausbildung der Kinder, den Unterhalt der Frau, für einen neuen

Vorhangstoff oder praktische Bodendecker im Garten. Er telefoniert jeden Samstag Vormittag mit seiner Frau, sie ruft ihn Dienstagabend an. Sie werden sich nicht scheiden lassen.

   – *Du hast recht. Meine Schwester mit ihrem krankhaften Zwang zur Präzision ist unsensibel. Am Detail verbeißt sie sich und denkt nicht daran, was ein Bunkerschiff im Satzgefüge anrichten kann. Am Text und an den Worten kannst du feilen bis zum Schluss. Während der Arbeit an der Erstfassung, am Endmanuskript und an den Korrekturfahnen. Aber die Melodie muss stimmen. Von Anfang an. Der Steirer an der Donau, die Familie in den Bergen und die Geliebte, die sich in Gedanken in Städten an fernen Stromkilometern herumtreibt und wartet. Hast du deinen Grundton gefunden? Welchen Grundton schlägst du an? Noch höre ich nichts. Mit Gummistiefeln stapfst du übers Feld, mit derben Schuhen. Unter den Sohlen klebt Erde. Das gibt keine Melodie. Wenn du den Text nicht zum Schwingen bringst, bleibt deine Geschichte totes Wortmaterial.*

   – *Mir schwebt ein Grundton vor. Ein Grundton, der anschwillt und sich wieder zurücknimmt mit der Stimme der Donau und dem Wind, der aus den Bergen auf das Land fällt …*

– Ich gebe meiner Schwester recht. Ich weiß, dass du unmusikalisch bist und keine gute Tänzerin. Mit dem plumpen eins – zwei – drei, mit dem du beim Walzertanzen herumsteigst, wirst du auch beim Schreiben keinen Schwung in den Text bekommen. Leichtfüßig musst du schreiben – natürlich meine ich leichthändig, damit mir die Schwester nicht wieder mangelnde Präzision vorwirft, leichtfüßig, leichthändig. Tanze mit den Donaunebeln und den Wellen und den Schneefahnen und den Kondenswolken aus den Schloten. Tanze, tanze, tanze, sieh zu, dass deine Geschichte zu schwingen beginnt. Nur so kann sie berühren.

Die Geliebte hilft ihm. Tag für Tag. Nach fixem Dienstplan verkauft sie Dosenbier, Wodkaflaschen, Schokoriegel und Zeitschriften mit nackten Frauen. Er stellt sie nicht an. Soviel trägt das Geschäft nicht. Bei den Bieren ist er dafür großzügig und bei den Dopplern und den Ferrero-Küsschen. Sie denkt nicht an fehlende Versicherungszeiten. Sie wartet. Sie hält Ausschau nach Schiffen mit rumänischer Flagge. Sie hält Ausschau und träumt von Răsvan aus Giurgiu.

Răsvan aus Giurgiu. Den hatte ihr der Krieg gebracht. Nein, der Krieg hatte ihn nicht gebracht. Aber er hatte ihn festgehalten. Hier in Linz und lange genug, um ihm nahe zu kommen. Răsvan auf seinem Schiff, das nicht ihm gehörte, aber für das er Verantwortung trug, solange die Donau nicht schiffbar war. In Novi Sad ließen die Trümmer der bombardierten Brücken im Wasser eine Weiterfahrt in den Heimathafen nicht zu. Mannschaften lassen sich ausfliegen, Schiffe nicht. Der Reeder befahl zu warten.

Es war ein Glück, wie sie es zuvor noch nie empfunden hatte, als der Mann mit Zinkennase, blauen Augen und braunen Locken auf dem Tankschiff im Regal mit den Konserven stöberte. Die großen Hände entschieden sich für einige Büchsen Ölsardinen, Bohnensuppe, Rindsgulasch und den Aktionswodka. Ich bin ein einsamer Mann hier, sagte er. Wie heißt du? Sie hieß Maria. Niemand nannte sie Maria. Dieser Name war ihr fremd. Ein Kosename aus der Kindheit hatte ihren Namen verdrängt und war bei der Fünfzigjährigen geblieben. Ich heiße Mädi, sagte sie. Mädi, sagte Răsvan, ein schöner Name. Und Mädi wusste, dass sie zupacken musste, sofort, weil die Donau nur einmal so eine Liebe herantragen würde. Sie zupfte das Dekolleté ihres Angorapullovers zurecht und verrechnete für die Ölsardinen keinen Groschen.

– Präzision, meine Liebe, habe ich eingefordert, und Genauigkeit, aber Genauigkeit heißt nicht, die Wirklichkeit eins zu eins abzubilden. Eine Geschich-

te ist keine Fotografie. Mädi vom Tankhafen verliebt sich in einen rumänischen Matrosen und Otto schaut zu, weil er weiß, der Matrose wird sie wieder verlassen. Strandgut wird angeschwemmt und fortgerissen. Wo bleibt die Fantasie? Du bist im Begriff, die Lebensgeschichte deiner Nachbarin nachzuerzählen.

– Warum lässt du mich nicht in Ruhe arbeiten? Ich habe nicht vor, die Lebensgeschichte meiner Nachbarin zu erzählen. Von ihr stammen nur der Name und die Arbeit auf dem Tankschiff ...

– Bunkerschiff. Und Otto und die Vorliebe für Angorapullis mit tiefen V-Auschnitten ... Zur Zeit geht das Schreiben ja sehr zäh voran bei dir, sonst wärst du wahrscheinlich schon bei der Vergangenheit von Mädi, ihrer Kindheit, dem Aufwachsen als Sandwich-Kind und der Jugendlichen, die mit sechzehn Mutter geworden war.

– Lass mich in Ruhe. Von Mädi will ich erzählen und von Răsvan und dem Warten auf ihn. Dem Warten auf dem Schiff. Dem Warten im Tankhafen. Răsvan hatte nicht gesagt, dass er wiederkommen wird. Sie aber dachte, genau das beim Abschied in seinen Augen gelesen zu haben. Ich möchte in Ruhe schreiben. Ohne Einflüsterung. Bitte.

13

– Schwestern, ich denke, wir sollten sie küssen. Es ist doch eine Qual, ihr bei der Arbeit zuzuschauen. Sie schreibt drei Sätze, löscht zwei davon wieder, schreibt neue Sätze, löscht den ganzen Absatz. So wird das keine Geschichte.

– Küssen? Einen Stoß sollten wir ihr geben, einen Tritt, damit sie weiterkommt. Sie braucht Bewegung. Sie hat sich verrannt …

– Ihr habt recht. Sie muss hinaus. Weg vom Notebook, hinaus in die Natur. Ein Blick in den Sternenhimmel, ein Blick aufs schwarze Donauwasser wird sie auf neue Gedanken bringen. Merkur ist mit freiem Auge zu sehen, im Altarm beim Segelflugplatz baut ein Biber seinen Damm, der einzige Biberdamm der Stadt liegt im Industriegelände, der Eisvogel schaukelt auf den Weidenzweigen an der Uferböschung, und die Hasen auf dem Segelflugplatz sind neugierig und fast zahm.

– Schwester, du auch hier? Du willst neue Gedanken. Biber, Eisvogel, Hasen und Sternenhimmel in der Geschichte? Das kann ja eine Geschichte werden …

In der Kajüte roch es nach Diesel. Ein Ölofen mit defekter Lüftungsklappe ratterte in der Ecke hinter der Türe. Die Vorhänge waren zur Seite gezogen. Răsvan war auf der Hut. Er trug die Verantwortung für das Schiff. Răsvan trug auch einen Ehering. Sie spürte ihn, als seine rechte Hand mit ihren Brüsten spielte. Mädi schloss die Augen. Sie fragte nicht nach dem Ring und nicht nach Răsvans Vergangenheit, nach seinem Leben in dem anderen Land. Was zählte, war die Gegenwart. Es galt der Gegenwart möglichst viel Zeit einzuräumen. Mädi warf sich auf Răsvan. Das Bett knarrte. Răsvan stöhnte. Sie war glücklich.

Răsvan summte. Im Rhythmus hörte sie den Ruderschlag einer Zille. Die Ruderblätter tauchten ins Wasser, schoben die Zille an, tauchten wieder ins Wasser und schoben. Ein einfaches, offenes Lied. Draußen vor dem Kajütenfenster sickerten die Glutfarben des Hochofens als roter Schein in den Nachthimmel. Das Schiff lag still, nur aus den leeren Laderäumen drang manchmal ein metallisches Knacken.

– Ratten?, fragte sie.

– Flussgeister, sagte Răsvan. Keine Angst, sie werden mich nicht ewig hier festhalten.

– Ich habe geträumt, sagte Mädi am Morgen, als sie fröstelnd in der Kombüse saßen und auf das Gurgeln des Wasserkochers warteten. Ich träume selten. Im Morgengrauen sind wir über den Flugplatz geschlichen. Ständig sind uns brummende

Hasen vor die Füße gelaufen und an uns hoch-
gesprungen. Es war nicht leicht, zum Hangar mit
den Motorseglern zu gelangen. Ich setzte mich ans
Steuer. Es war nicht mein erster Flug. Wir flogen
über das Industriegelände, durch die gelben Nebel
des Chemieparks und die weißen Dampfwolken des
Stahlwerkes. Wie in Giurgiu, hast du geschrien.
Dann hast du mir ohne zu fragen ins Steuer gegrif-
fen. Der Wind knatterte an den Tragflächen. Wir
folgten der Donau in die Ebene und segelten auf
die Sonne zu. Wir waren nicht allein im Flugzeug.
Ich hörte Frauenstimmen, die aufgeregt durchein-
anderredeten. Es war niemand zu sehen.

– *Können Musen fliegen?*

– *Schweig!*

Das Leben ein Fest

Er ist immer dagestanden. Von der Gruberstraße aus war der Baum zu sehen. Im Frühjahr strahlte das weiße Blütenhaupt, im Frühsommer grüßten rote Früchte und im Herbst warfen gelbe Blätter warmes Licht auf kältere Tage. Dann war aus der Brache der ehemaligen Gärtnerei ein mehrgeschossiges Gebäude emporgewachsen – zwei ineinander verschobene, unterschiedlich hohe Quader für Büros und Wohnungen – und die Sicht auf die dahinterliegende Häuserzeile mit ihren Gärten war verstellt. Im Vorbeifahren ein schneller, schräger Blick in die Lederergasse. Vor das Küchenfenster der Großmutter hatte sich eine Betonwand geschoben. Von der Kreuzung aus gab es keinen Sichtkontakt mehr. Doch der Baum war nicht ganz hinter der senfgelben Fassade verschwunden. Einige Äste streckten ihr dichtes Blattwerk zu den Trichterwinden und Kletterrosen am Maschendrahtzaun des Nachbargartens, an dem vorbei Passanten zur nahen Frauenklinik hasteten.

Es ist nicht leicht, die Geschichte eines Baumes in Erfahrung zu bringen. Bäume stehen da. Immer ist er dagestanden. In diesem Fall heißt das: seit 1956. Die Großmutter holte den Setzling von einem Kriegsblinden, der wie sie in der Tabakfabrik arbeitete und einen Schrebergarten an der Donau gepachtet hatte. Meine Tante war dabei. Sie war damals zehn Jahre alt und genauso groß wie das Bäumchen. Als ausgewachsener Kirschbaum wurde er zur Sonne im Gartenkosmos. Er war der Besitz und das Heiligtum der Großmutter. Er war das, was die anderen nicht hatten.

Der Baum trug reichlich und verlässlich. Feste, leuchtend rote Früchte mit gelbem Fleisch, süß, ein Hauch würziger Säure und beim Kern herb. Eine alte Sorte, vermutlich die „Große Prinzessin" oder „Schneiders späte Knorpel". Die Kirschen waren widerständig gegen Schädlinge, empfindlich bei Regen und wehrlos gegen Amseln und Nachbarn. Die Amseln waren ständig um den Baum und die Nachbarn rückten an, wenn die Großmutter in die Fabrik zur Arbeit ging – zumindest war die Großmutter überzeugt davon und hatte in der zweiten Junihälfte keine ruhige Minute, bis alle Kirschen in Einmachgläsern in Sicherheit gebracht waren. Schwiegersöhne, der Bruder, männliche und weibliche Enkel mussten hinauf auf die Leiter, mussten hinauf auf den Baum, auf spröde, von Ameisen überlaufene Äste, und wurden von der sonst Überfürsorglichen ermuntert, im Zweifelsfall noch höher zu steigen und noch weiter hinaus, um auch noch den äußersten Zweig mit seiner Handvoll Kirschen zu angeln.

Der Großonkel war nicht ganz schwindelfrei. Trotzdem half er seiner älteren Schwester Jahr für Jahr beim Ernteeinsatz. Vorsichtig tastete er sich Sprosse für Sprosse die hohe Stehleiter hinauf. Die Großmutter hielt die Leiter, bis er sich auf einen tragfähigen Ast geschwungen hatte. Dann kletterte sie ein Stück hinauf und reichte einen mit einer Schnur versehenen Kübel und einen Blindenstock mit gebogenem Griff nach. Der Großonkel suchte sich eine sichere Astgabel, hängte den Kübel in Griffweite und angelte mit dem Stock nach erreichbaren Kirschen. Den gefüllten Kübel ließ er hinunter, die Großmutter leerte ihn in ein Lavoir, der Großonkel zog den Kübel wieder hinauf und arbeitete sich zur nächsten Astgabel vor. Viele Junitage verbrachte er im Baum.

Als Eisenbahner war der Großonkel in rüstigem Alter pensioniert worden. Seine Frau ging noch zur Arbeit. Sie musste Frottee-Bademäntel, Geschirrtücher, Vorhänge und Tischläufer verkaufen. Der Großonkel half seiner Schwester bei den körperlich schweren Arbeiten. Er stach die Erde um, schaufelte Kohlen in den Keller, strich die Wände in der Küche und half bei der Kirschenernte.

Der Großonkel war nie barhäuptig anzutreffen. Bei der Gartenarbeit im Frühjahr trug er ein Stirnband mit Ohrenklappen, in den Keller zu Holz und Kohlen ging er mit einer alten Eisenbahnerkappe,

bei den Malerarbeiten hatte er ein aus Zeitungspapier gefaltetes Schiff am Kopf und in den Baum
stieg er mit dem alten Strohhut der Großmutter.
Nach getaner Arbeit setzte er seinen Hut auf,
schwang sich aufs Rad, besorgte im Supermarkt,
was seine Frau ihm aufgeschrieben hatte, und
wartete, bis sie nach Hause kam. Der Großonkel
konnte nicht kochen.

Der Bruder saß in der Astgabel und zog mit dem
Blindenstock Äste heran. Dabei war er sehr vorsichtig. Kirschholzzweige brachen leicht ab. Zwi-
schendurch kostete er die Kirschen, die er gepflückt
hatte. Wurmig, hörte man ihn rufen oder: nicht
wurmig. Die Kirschkerne spuckte er aus. Fielen zu
viele Kerne in zu kurzem Intervall auf den Boden,
näherte sich die Schwester und rief in den Baum
hinauf: Ist der Kübel schon voll?

Die Großmutter war Nichtraucherin. Ihre Depu-
tatzigaretten aus der Fabrik stapelte sie im Wäsche-
kasten, deshalb rochen ihre Nachthemden und
Polsterbezüge immer feinherb nach Tabak: nach
Tabak der Marken Falk und Smart, der mit dem
Extrakt von Kamille und Zwetschke aromatisiert
wird, bevor ihn die Maschine in die Papierhülsen
stopft. Die Zigarettenstangen wurden zu Weihnachten und zu Geburtstagen an die rauchende Ver-

20

wandtschaft verteilt und im Juni an die Erntehelfer. Die Großmutter stand tagelang in der Küche, umringt von Plastikwannen voller Kirschen, entkernte, kochte ein und füllte ab. Dann war der Spuk vorbei für ein Jahr. Zu den Nachbarinnen fasste sie wieder Vertrauen. Es gibt Bilder. Drei Frauen auf Campingsesseln im Schatten des Kirschbaumes, eine jede in Kleiderschürze, eine jede mit Strickzeug in den Händen und alle ins Gespräch vertieft.

Zweimal blühte der Kirschbaum nicht: In dem Jahr, als meine Großmutter ins Altersheim übersiedelte und in dem Jahr, als sie starb.

Die Großmutter war die Älteste, der Großonkel der Jüngste unter vier Geschwistern. Aufgewachsen waren sie in der Nähe des Lohnstorferplatzes. Während andere Kinder Fangen spielten oder in den Tümpeln der Umgebung Kaulquappen fingen, stand die Großmutter als achtjähriges Mädchen mit einem alten Kinderwagen abseits und sah zu. Ihr war der kleine Bruder zur Obhut anvertraut worden. Sie hätte den Wagen einfach stehen lassen können und sich den anderen Kindern anschließen. Die Gefahr, entdeckt oder verraten zu werden, war zu groß. Sie blieb beim Kinderwagen. Wütend stieß sie ihn vor sich her. Ein Augenblick der Unachtsamkeit, der Kinderwagen kam vom Weg ab und kippte um. Der Wickelpolster kollerte über eine

Böschung in die Brennnessel. Der Großmutter gelang es nicht, alle Spuren des Unglücks zu beseitigen. Die Wangen des Säuglings blieben zerkratzt, der Wickelpolster und die Decke verdreckt. Daheim bekam die Großmutter zum ersten Mal Schläge und Hausarrest. Während Geschwister und Freundinnen hinaus in den Frühsommer stürmten, musste sie daheim bleiben und den kleinen Bruder hüten, der auch nicht zum Puppenspiel taugte.

Der Großonkel wohnt mit seiner Frau noch immer im selben Viertel, in dem die Geschwister aufgewachsen waren. An der Wohnung donnern die Züge der Westbahn vorbei. Der Weg und die Böschung und die Brennnessel, in die er als Wickelkind gefallen war, sind verschwunden. Der Lohnstorferplatz war hier angelegt worden. Zuerst gab es nur einen Kiosk, in dem Leberkäse verkauft wurde. Weitere Kioske folgten, ein kleiner Park, eine öffentliche Toilette in Nirosta. Dursthütte, Gemüseladen. Blumengeschäft.

Das alte Leben geht in neuen Kulissen weiter. Ein mehrstöckiges Glashaus hat die Kioske verdrängt. Statt der Dursthütte wartet das Café Amaretto auf Gäste. Im Winter werfen die Sterne der Weihnachtsdekoration fröhliche Schatten auf die an die Außenwand des Cafés genagelten Rinderschädel. Ein bisschen Grusel, ein bisschen Western, viel Lokalkolorit. Tasteten sich früher die Alten vom Gemüsegeschäft zur Ampel, verlassen sie jetzt den Supermarkt mit dem Notwendigsten. In den kostenlosen Plastiksackerln von der Gemüseabteilung trägt einer einen großen Erdapfel, zwei Zitronen und eine Gurke, der andere einen Gabelbissen und zwei Dosen Bier.

Das Viertel, in dem die Großmutter wohnte, bevor sie ins Heim ging, hatte über die Jahrhunderte sein Aussehen verändert. Erst nach der letzten Donauregulierung war eine planmäßige Bebauung möglich geworden. Davor hielten Hochwasser und ausgreifende Donauarme diesen Teil der Stadt in Bewegung und die Gewerbebetriebe und Manufakturen die Bewohner. Das Gebiet gehörte zum ausfransenden Rand der ehemaligen Unteren Vorstadt mit ihren Bleichereien, Färbereien und Gerbereien, mit ihren Waisenhäusern und Siechenanstalten.

Die Wollzeugfabrik führte in Linz ein neues Arbeiten ein. 1672 gegründet – zum ersten Mal in Österreich mit einer Arbeitserlaubnis für Ausländer –, bald verstaatlicht und 1722 nach Plänen des Linzer Baumeisters Johann Michael Prunner umgebaut und erweitert. Dem heimischen Vierkanter entsprechend, mit der Dimension eines Schlosses und barocker Formensprache, war sie die erste und auch größte Manufaktur der Monarchie. Zu ihren besten Zeiten beschäftigte sie 1.000 Menschen vor Ort, 50.000 insgesamt, die Heimarbeiter von Oberitalien bis Nordböhmen mitgezählt.

Das neue Arbeiten forderte neue Haltungen, die mit den Arbeitstugenden bäuerlicher und handwerklicher Produktion nicht viel gemein hatten. Dem absolutistischen Staat ging es um soziale Disziplinierung, und Arbeit war Erziehung zur Unterordnung. Keine Arbeitskraft sollte dieser Maßnahme entgehen. Linz bekam wie alle größeren Städte ein Arbeitshaus und ein Zuchthaus. Im Waisenhaus im Lambergischen Freihaus, wenige Gehminuten von der Wollzeugfabrik entfernt, wurde die Kinderarbeit eingeführt.

Die industrielle Verarbeitung von Baumwolle verdrängte die Woll- und Leinenproduktion, und trotz Spezialisierung auf Teppiche musste die Fabrik den Betrieb einstellen. Die Fabrik wurde zur Fabrikskaserne, die k. u. k. Tabakregie zog in das Barockensemble, mit Aufnahme der Zigarettenerzeugung und zunehmender Automatisierung der Produktion zu Beginn des Zwanzigsten Jahrhunderts wurde ein Neubau notwendig. Für die ehemalige Wollzeugfabrik gab es keine neuen Pläne mehr. 1969 wurde sie gesprengt. Dem Feuerwehrbericht ist zu entnehmen, dass die Sprengung nicht komplikationslos verlaufen war. Teile der Mauer und des Dachstuhls stürzten nicht ein. Sie mussten mit Stahlseilen und Stützen gehalten werden, da-

mit neue Sprengladungen angebracht werden konnten. Ein einzigartiges Baudenkmal war endgültig
zerstört.

Die Sprengung – das war ein dumpfer, satter
Knall und dann prasselte es Kastanien. Das Kind
richtete seinen Schulweg nach den Nuss- und Kas-
tanienbäumen aus. Es schlich durch den Gastgarten
des aufgelassenen Hotels Achleitner in Urfahr und
fand sich im Kastanienregen wieder, als es knallte.

Die Wege mit der Großmutter führten das Kind
oft an der „Fabrikskaserne" vorbei. An einem to-
ten Haus. Die Fenster im Erdgeschoss mit Brettern
vernagelt, in den oberen Stockwerken dunkle
Fensterhöhlen. Das Kind glaubte, den Atem des
Hauses als strengen, modrigen Geruch wahrzunehmen. Die Großmutter wechselte auf die andere
Straßenseite zu ihrer Arbeitsstätte, der Tabakfabrik.
Wegen der Ratten, sagte sie. Das Kind schaute
zurück und sah ein stummes Haus mit wulstigen
Augenbrauen, die manchmal zerbrochen im Schutt
am Boden lagen.

Auf der anderen Seite schwang sich die Süd-
fassade der Tabakfabrik mit horizontalen Fenster-
bändern elegant in die Ludlgasse. Die horizontale
Gliederung der Außenfront fand ihre Entsprechung
in den einzelnen Ebenen der im Fließsystem orga-
nisierten Zigarettenproduktion hinter den Fenstern.
Die Großmutter stand an der Stopfmaschine und

die lichtdurchflutete, geschwungene Halle vermittelte den Arbeiterinnen etwas Geborgenheit, weil dem Vorarbeiter der zur Kontrolle notwendige Überblick über den gesamten Raum fehlte.

In den Gärten der Nietzschestraße gab es noch andere Kischbäume. Der große Baum der Nachbarin, über dessen Äste die Katze in den ersten Stock auf den Balkon der Großmutter springen konnte, war ein Wildling. Schwarze Früchte mit wenig Fleisch, großen Kernen und lästig zu ernten. Die Kirschen hingen einzeln und nicht büschelweise in den Zweigen. Der Garten daneben erstreckte sich von der Gruberstraße bis zur Nietzschestraße. Er gehörte einem pensionierten Matrosen, einem Donauschiffer, der sich dort eine Gartenhütte aufgestellt hatte. In diesem Garten stand ein Kirschbaum mit gelben Kirschen. Roh schmeckten sie bitter und in Strudel oder Kompott nach Stroh. Auch die Vögel schätzten die gelben Kirschen nicht. Sie warteten lieber, bis sie sich auf den Baum der Großmutter stürzen konnten oder auf die Ribiselstauden und Himbeerhecken, die die Abgrenzung zu den Nachbargrundstücken bildeten. Der Donauschiffer hatte eine Rosenhecke gepflanzt. Kletterrosen rankten sich straßenseitig an einem rostigen Zaun bis zum Stacheldraht hinauf und bildeten mit ihrem Dornengestrüpp eine unüberwindbare, betörend duftende Barriere.

Der Donauschiffer hatte die Großmutter in die Gartenhütte eingeladen. Immer wieder hatte er über den Zaun gerufen, wann sie ihn endlich besuchen käme, bis ihr keine Ausrede mehr einfiel. Mit dem Enkelkind saß sie an einem selbstgezimmerten Holztisch in der Hütte. An der Wand hingen ein Steuerrad und ein präparierter Fischkopf. Die Hütte war innen grün gestrichen und auf dem Tisch stand eine Dopplerflasche. Der Nachbar redete und redete. Er erzählte von seiner verstorbenen Frau und von seiner Arbeit, seinen Fahrten zum Schwarzen Meer. Im Donaudelta habe er sich die Malaria geholt. Seither habe er das Fieber. Zweimal im Jahr, pünktlich wie die Regel bei der Frau stelle sich bei ihm das Fieber ein und es sei nichts zu machen dagegen. Er erzählte und schlug dabei mit der Faust im Takt auf den Tisch, dass die Flüssigkeit in der Dopplerflasche schwappte. Das Enkelkind kann sich nur an den einen Besuch in der Gartenhütte erinnern und daran, dass es über Frauenregeln nachdachte. Aus Langeweile zählte das Kind die Blumen auf dem Wachstischtuch und trank den trüben Dicksaft in großen Schlucken, damit er weg war. Die Großmutter ging nach diesem Besuch dem Donauschiffer aus dem Weg. Sie konnte „sauferte" Männer nicht ausstehen.

Der Umzug ins Altersheim gehörte zur Lebensplanung der Großmutter. „Wenn ich einmal allein nicht mehr kann, dann geh ich ins Heim." Sie ging, als sie einen Herzschrittmacher bekommen hatte, als ihre Nachbarin gestorben und sie allein im Haus war, als sie zum Einkaufen mit dem Autobus fahren musste, weil die Lebensmittelgeschäfte in der Umgebung zugesperrt hatten und als sich abzeichnete, dass auch „ihr" Haus, in das sie zu Kriegsende als Bombenopfer eingewiesen worden war, von der Bundesgebäudeverwaltung verkauft werden sollte. Der Zeitpunkt war günstig. In der Ingenieur-Stern-Straße wurde das neue Altersheim eröffnet, und einige andere Frauen aus der Nietzschestraße übersiedelten ebenfalls.

Solange es ihre Kräfte zuließen, fuhr die Großmutter mit dem Autobus zu ihrem alten Garten, um nach dem Kirschbaum zu schauen. Das Haus wurde verkauft, die neuen Mieter angehalten, die Wohnungen zu kaufen, und der Kirschbaum wurde zusammengeschnitten, bis nur mehr Aststummel in den Himmel ragten. Aus dem Garten mit seinen Beeten für Erdbeeren, Kohlrabi, Zwiebeln und Schnittlauch, den Ribisel- und Stachelbeerstauden, dem Rhabarber beim Komposthaufen und der Himbeerhecke wurde eine pflegeleichte Rasenfläche.

Dann kam der Bagger. Die neuen Mieter durften die Wohnungen kaufen, nicht aber die ehemaligen Gärten vor den Fenstern. Auf den Gartenflächen wurde gebaut. Häuser, von denen die Stadt noch immer nicht genug hat. Büros, Wohnungen und eine Tiefgarage. In den Loggien wuchsen die Paradeiser in großen Töpfen und die Tiefgarage trug einen grünen Grasschopf am Dach. Auf der Terrasse über dem letzten Stock loderte das Weinlaub und im Erdgeschoss haben die Dienstleister der neuen Zeit Einzug gehalten: ein „Sun- und Nailstudio mit Bodytattoo", selbstverständlich an Sonn- und Feiertagen geöffnet.

Junge, auf der firmeneigenen Sonnenbank gebräunte Frauen arbeiteten in Teilzeit oder geringfügig. Die Blutplasma-Sammelstelle daneben zog viele Kunden an. Das Geschäft mit dem Blut ging gut. Die Verkäufer kamen von weit her. Verärgerte Anrainer schrieben Leserbriefe, weil Autos aus Tschechien und der Slowakei die umliegenden Parkplätze verparkten und die Fahrer auch noch ihre vollen Aschenbecher auf die Straße entleerten. In der Tabakfabrik, die um einen Spottpreis an den englischen Multi Gallaher verschleudert und von diesem an einen japanischen Konzern profitabel weiterverkauft wurde, liefen die Maschinen rund um die Uhr. Jetzt ist Schluss. Die Produktion in Linz wird eingestellt. Im Gebäude gegenüber werden Büromieter gesucht.

Auch die Frauenklinik ist nicht mehr. Sie wurde abgerissen. Aus dem letzten Krankenhaus der Stadt mit Park wurde eine riesige Baugrube. Hinter dem

Bauzaun wachsen verdichtet Hochhäuser. Der Grund war teuer, sagt der zuständige Stadtrat.

Blut fließt auch in der Parallelstraße, der Holzstraße. Die Fassade des alten städtischen Schlachthofes ist denkmalgeschützt. In ihm befinden sich eine Diskothek mit gastronomischen Angeboten zum Koma-Trinken. Der neue Schlachthof liegt nebenan. Das Schlachten ist keine städtische Aufgabe mehr. Dem neuen Besitzer ist es nicht gelungen, den Schlachthof geruchsdicht zu halten. Es stinkt. Es stinkt nach Blut und Aas und verfaulten Knochen. An schwülen Tagen liegt der Blutgeruch wie eine Gewitterwolke auf dem Viertel. Gleich neben dem Schlachthof zwei Gastgärten. Ein Biergarten und der Gastgarten eines Haubenlokals. Niemand hält sich die Nase zu, keinem wird schlecht. Ungeachtet des Gestanks wird serviert und konsumiert und kassiert und bezahlt. „C'est la vie", steht über dem Schlachthofeingang und darunter: „Das Leben ein Fest".

Im roten Klang

Die Eisenbahn drückt der Stadt ihr Schienenknie in den Bauch. Vorbei ist es mit der Ordnung der wohlplatzierten Flächen und rechten Winkel. Sternförmig ziehen die Straßen auseinander, schlagen Haken, laufen ins Nichts, bohren sich unter Schienensträngen ins Freie. Gürtelstraße. Lastenstraße. Als Ausgleich zu Atemnot und Druck die Literatur: Rilke-, Lenau-, Raimundstraße. Mikrokosmen zwischen alten Gleisen. Neue Landschaften hinter dem Zaun. Ziegelsteppen, Schienenberge, Baggertümpel. Land im Übergang. Aufbrechendes Land. Aufgebrochenes Land. Auf dem Stadtplan Frachtenbahnhof. Im Entwicklungsplan Wohnviertel. Im Vorbeigehen Brache.

– Grabeland, sagte Hansi und plusterte das blauschwarze Gefieder. Es wird wieder umgegraben. Jetzt sollen Wohntürme in den Himmel wachsen. Dafür haben sie das Bahnhofsgebäude und das Heizhaus weggeschoben. Heizhaus – was sagt dir das?

– Lokomotiven im Sichelmond, Lokomotiven auf dem Drehkreisel, Schienensterne, antwortete der gelbe Bruno und schloss die bernsteinfarbenen Augen. Heizhaus sagt mir aber auch – Schutzhelm, oder – Arbeiterkampf. Arbeiterkampf im Februar. Arbeiterkampf im Oktober. Niederlagen.

– Kennst du die Geschichte vom Sirenenschani? Nach dem großen Streik im Oktober verlangte die Verwaltung die Demontage der Sirene, die die Belegschaft von der Arbeit weggerufen hatte. Wir sind nicht schwindelfrei, sagen die Arbeiter, wir klettern da nicht hinauf. Das Horn muss weg, sagen die Chefs. Die Arbeiter rühren sich nicht. Sie verschränken die Arme. Nur einer hält es nicht aus. Ein braver sozialistischer Vertrauensmann gehorcht. Er klettert hinauf und schraubt das Signalhorn ab. Von da an hieß er Sirenenschani, und den Namen wurde er nicht mehr los.

Der gelbe Bruno schüttelte sich. Ein weißer Tröpfchenschleier senkte sich auf Fell und Gefieder.

– Für Sirenenschanis bleibt die Erde eine Scheibe, sagte Hansi und glättete seine Schwungfedern. Ein Sirenenschani will nicht wissen, ob es hinter dem Horizont weitergeht. Es reicht ihm das Überschaubare. Was dort nicht ist, ist nicht. Hinter ihm können Meere versteinern und daneben Quellen Feuer spucken. Das geht ihn nichts an. Was nicht sein darf, gibt es nicht. Sein Ziel muss in Sichtweite sein.

– In Reichweite. Sonst macht er sich nicht auf den Weg. Nach den Sternen greifen will der Sirenen-

32

schani nicht … Siehst du den kleinen hellen Nebel-
fleck in der Milchstraße? Den Sternenhaufen im
Herkules? Messier 13. M13., 22.800 Lichtjahre
entfernt. Mindestens eine Viertel Million Sterne
leuchten da dicht gedrängt. Astronomen haben
Radiowellen in Richtung M13. geschickt. Eine
codierte Botschaft in sieben Teilen. Informationen
über den Menschen, die Position der Erde im Son-
nensystem und über den Sender. Eine Botschaft in
Signalen. In Zahlensprache. Vom Arecibo-Obser-
vatorium auf Puerto Rico. Dort oben im Sternenhaufen könnte jemand diesen Wellenklang empfan-
gen, die Botschaft entschlüsseln und den Erdengruß
erwidern. Die Astronomen werden das nicht mehr
erleben. Die Antwort auf das Signal ist auf der Erde
in 45.600 Jahren zu erwarten.

– Wie es dann hier aussehen wird?

– Es wird sich einiges geändert haben. Wie
immer.

– Im Heizhaus sind zuerst die Feuer in den
Dampflokomotiven erloschen, sagte Hansi und
rupfte im blauschwarzen Gefieder. Die neuen Trieb-
wagen fuhren mit Diesel und Strom. Im Heizhaus
wurde es still. Es entstand freier Raum. Der dehn-
te sich aus, bis alles leer war. Die Hallen finster,
die Arbeiter versetzt oder in Frühpension …

– Der freie Raum sprengte das Heizhaus. Aber
das Feuer ist geblieben, sagte Bruno mit den bern-

steinfarbenen Augen. Unter dem Schutt des Sichel-
mondes wächst die Glut.

– Ich weiß, was du meinst, sagte Hansi. Er war
kaum zu verstehen, weil er den Kopf unter den
Flügel gesteckt hatte. Mit dem Füchselbach verhält
es sich ähnlich. Im Tal des Füchselbaches lief ein
Weg zur Linzer Bucht. Die Römer benutzten ihn,
die Bajuwaren, nach Westen ziehende Völker,
Kreuzritter, Pilger und Händler. Der Weg war Teil
einer alten Fernstraße. Die Stadt uferte aus und
der Bach mit seinen Hochwassern wollte sich nicht
in die Ordnung der neuen Vorstädte fügen. Der
Füchselbach wurde in Rohre geleitet. Man ließ ihn
von der Stadtoberfläche verschwinden, baute Straßen darauf und Baracken, später Betonblöcke. Jetzt
werden Wohntürme kommen, und der Bach ist
trotzdem da. Blitzt auf, schlängelt sich aus der
Erinnerung wieder ans Tageslicht.

– Ich weiß noch, sagte Bruno, wie der Füchselbach nach langen Regenfällen sein Bachbett
verlassen hat. Statt der Felder war da ein reißen-
der Fluss, und der Ziegenstall war weg und die
Ziege auch. Der Füchselbach hat den Stall mitgenommen und das Tier. Ein Nussbaum teilte
das Wasser und bot der Ziege Halt. Sie kletterte
in seine Krone und bockte gegen den Regen und
die Männer, die sie mit der Zille bergen wollten.

34

– Das ist die Kraft, die wir spüren. Das ist die Kraft, die alle Schichten prägt.

– Nichts ist, wie es ist auf den ersten Blick, sagte der gelbe Bruno mit den bernsteinfarbenen Augen und kratzte sich hinter dem Ohr. Immer gibt es Spuren.

– Spuren der Gegenwart führen über die Vergangenheit in die Zukunft und von dort wieder hinein in die Gegenwart.

– Spuren führen in tiefer liegende Schichten des Bewusstseins.

– Spuren führen in die Unendlichkeit.

– Spüren muss man sie.

– Folgen sollte man ihnen.

– Ihren Geruch aufnehmen.

– Lesen muss man sie können.

– Und sehen …

– Zwei Schritte vorwärts, ein Schritt zurück. Die Perspektive ändert sich. Wir verändern uns.

– Wir haben Zeit für neue Erfahrungen und ändern den Weg.

Zwei Schritte vorwärts. Der Schwarm sammelt sich zum Abflug. Ein Schritt zurück. Noch sind nicht alle da. Noch haben nicht alle ihren Platz im Zug. Zwei Schritte vorwärts. Sie schreiben ihr Zeichen in den Himmel. Flugunruhe.

Ein Schritt zurück.

Da stehen Pappeln am Wasser, und Weiden auch. Man hockt und wartet. Von Flugunruhe keine Spur. Diese Vögel werden sich der Reise nicht anschließen.

Zwei Schritte vorwärts.

– Das ist meine Geschwindigkeit, sagte Hansi mit dem blauschwarzen Gefieder. Ich kann nicht losstürmen mit meinem Hinkebein. Auf und davon rennen will ich nicht mehr.

Der gelbe Bruno mit den bersteinfarbenen Augen hob den Kopf und lauschte.

– Bist du fertig? Wir sollten uns wieder auf den Weg machen. Auf die Suche nach dem roten Klang. Bevor er verstummt. Der Klang, der das Leben zum Schwingen bringt. Ich habe ihn gespürt. Als die G-Saite der Gitarre riss, stand der rote Klang kurz im Raum. Satt und leuchtend. Das schwarze Loch hat ihn angesaugt, sagt mein Kind, oder der Mond hat ihn auf seine dunkle Seite gebracht. „Wir werden ihn finden, bevor er verhallt." Mein Kind hat meistens recht. Es ist noch jung. „Seien wir realistisch. Versuchen wir das Unmögliche" hat es an die Wand des Zimmers geschrieben. Mein Kind hütet seine Träume wie einen Schatz.

– Mein Kind, sagte Hansi mit dem blauschwarzen Gefieder, ist jetzt 85 Jahre alt. Ich bin wieder in seinen tiefroten Träumen, durch die die schwarze Dampflokomotive des Vaters pfeift. Mein Kind träumt vom hohlen Mostbirnbaum in St. Peter, aus dem ich als junge Dohle gehoben wurde. Es träumt von meinem ersten Kind, das wir an die Schwindsucht verloren haben. Sie waren schon gemeinsam unterwegs, als ich gekommen bin. Mein erstes Kind und mein zweites Kind wohnten auf derselben Stiege. Sie hatten ihre Geheimnisse. Sie streunten durch die Tage, bis mein erstes Kind im Bluthusten blass wurde. Ich bin auf die Schulter meines zweiten Kindes geflattert. Das Kind hat seine heiße Wange an meinen Flügel gelegt. Da war ich bereits handzahm und konnte sprechen: „Gehst weg" rief ich und: „Freundschaft". Ich habe immer mit Eisenbahnerfamilien gelebt und konnte meinen Schnabel nicht halten.

– Mein Kind, sagte der gelbe Bruno mit den bernsteinfarbenen Augen, ist noch mit kleinen Schritten ins neue Jahrtausend gehüpft, ein kurzer Weg in weiten Flächen. Jetzt stapft es durch unwegsames Gelände. Der Boden ist rutschig und die Sicht schlecht. Es hat eine neue G-Saite aufgezogen und der Klang der Gitarre gibt Halt.

Zwei Schritte vor.

– Um den richtigen Weg einzuschlagen, sagte Hansi mit dem blauschwarzen Gefieder, ist es wichtig, sich die Dinge ganz aus der Nähe anzusehen. Die unnahbar glatte Landschaft wird griffig, zwischen Klüften schimmert orangefarbenes Licht, aber

Vorsicht vor dem schnurgeraden Weg, aus der blauen Ebene taucht ein Hügel auf, ein Berg, Schwarz auf Rot mit gelber Spitze und überall Risse und Spalten.

Drei Schritte zurück.

– Um voranzukommen, sagte der gelbe Bruno mit den bernsteinfarbenen Augen, müssen wir uns ins Auge schauen. Deines hat die Farbe von Lapislazuli, die Pupille etwas verrückt, mit dem geheimnisvollen Licht obenauf. Die Pupille ist das Schlupfloch für das Universum. Aus warmem Sternenlicht, einer Handvoll Andromedanebel und ein paar Sternschnuppen hat mich mein Kind geformt, als Begleiter und Kampfgefährten gegen Heimweh und Verstörung.

– Ich konnte meinen Schnabel nicht halten, sagte Hansi mit dem blauschwarzen Gefieder, und als ich im Hof meines Kindes herumhüpfte und fröhlich „Freundschaft" rief, wurde ein Fenster geöffnet und ein Schwall Wasser ergoss sich über mich. Im Winter. Ich war ein schwarzer Fleck im Schnee. Die Grußformel war verboten worden, aber die neue hat mir niemand beigebracht. „Gehst weg" schrie ich, bis mein Kind mich suchen ging. Mit dem Fliegen wars vorbei und mit der Vogelperspektive auch, und aus der neuen Perspektive sah ich den Pupillenschlitz der Katze.

Dahinter lag das weiße Licht.

Ich bin bei meinem Kind geblieben. Mein Kind wurde Tabakarbeiterin. Es kam an eine Maschine in der Fabrik. Die Maschine füllte Papierhülsen mit Tabak, stopfte Filter nach, zählte ab und übergab an die nächste Maschine und an die nächste Frau. Mein Kind bediente die Maschine. Jeden Tag dieselben Griffe. Jeden Tag derselbe Rhythmus. Hand zum Knopf, Hand auf den Hebel, Hände zum Band. Hand zum Knopf, Hand auf den Hebel, Hände zum Band. Mein Kind und die Maschine hatten ihre eigene Melodie. Mein Kind spielte die Melodie gern. Es drückte auf Knöpfe und Hebel und Knöpfe und die Maschine sang, stampfte und klopfte. Jeden Tag, bis die Maschine alt war und das Haar meines Kindes weiß. Mein Kind in seinen roten Träumen ahnt nicht, dass die Fabrik geschlossen wird.

– Auch das Observatorium in Puerto Rico wird geschlossen. Die Astronomen bekommen kein Geld mehr, um ins All zu horchen.

– Wer empfängt dann die Antwort von M13.?

– Am besten, sagte Bruno mit den bernsteinfarbenen Augen, wir folgen der Milchstraße, dem Rückgrat der Nacht, und fliegen geradewegs in die explodierenden Farben der Glut, auf die Region 9393 zu. Das große nackte Auge nennen sie die Sonnenflecken dieser Region. Dort toben Sonnenstürme. Die Protuberanzen werden uns hineintragen in die Unendlichkeit der blauen Nacht. Dort finden wir den roten Klang.

– Wir treffen uns, sagte Hansi mit dem blauschwarzen Gefieder, in meinem Kind und in deinem Kind. Es ist wie mit dem Füchselbach. Aus den tiefroten Träumen meines alten Kindes taucht er auf, so wie ich mit meinem blauschwarzen Gefieder wieder aus den Schichten des Vergessens aufgetaucht bin.

– Und mein Kind, sagt der gelbe Bruno mit den bernsteinfarbenen Augen, macht Platz in seinen sonnengelben Träumen. Für den Füchselbach, das Heizhaus, die Tabakfabrik und für dich.

– Mein altes Kind lässt euch in seine roten Träume schlüpfen.

Beide Kinder schauen hinauf und hinein in das warme unendliche Blau und forschen den weißen Gedanken nach, die Haken schlagen, ins Nichts laufen oder sich ins Freie bohren. Sie schauen und horchen und reden und reden und horchen und spüren, wie der rote Klang summend, satt und leuchtend den Raum erfüllt.

Schneckenkönig

Er lernte früh, sich schmal zu machen, unsichtbar wollte er sein. Ein Schatten glitt durchs Haus und er war unterwegs als blinder Passagier zum Schwarzen Meer in eine Nebelnacht. Die Füße der Großmutter steckten in Schafwollsocken und ledernen Männerschlapfen. Auch im Winter waren ihre dürren Waden nackt, auch im Sommer verdeckt von einem knöchellangen Faltenrock aus festem Wollstoff. Dieser Stoff filterte das Licht, ließ die dürren Beine schimmern, ihn aber im Verborgenen.

Der Rock der Großmutter war sein Zufluchtsort. Hier war er sicher und ungreifbar – sofern sich die Häscher an die Regeln hielten. Er wusste oft nicht, welche Regeln in der Familie gerade galten. So kauerte er unter dem Sessel der Großmutter im Schutz der Stofffalten und hielt die Luft an. Verschwunden wollte er sein und doch keine Silbe der Großelterngespräche überhören.

Sanddünen, Nebel, Schaumkronen, hörte er den Großvater sagen, das Schwarze Meer ist weiß. Du stehst am Ende der Welt und weißt, dass es keine Wahrheit gibt.

Manchmal dachte er, die Bilder der Erinnerung hätten sich ineinander verschoben, auf allen Photos aus dieser Zeit war die Großmutter in schwarzen

Männerhosen festgehalten, er aber hatte Farbe und Struktur des Rockstoffes genau vor Augen. Dann sah er sich unter dem Tisch sitzen, verdeckt von einem blaugrauen Tuch mit schweren Fransen. Davor die Lederschlapfen und Hosenbeine der Großmutter, und er wusste genau, dass in seiner Sesselzeit über diesem Tisch nie ein Tischtuch lag. Die Großmutter konnte er nicht mehr fragen, ob dieser Rock nur Stoff seiner Phantasie war. Der Großvater würde ihm keine Antwort geben.

Der Großvater schaute an ihm vorbei oder durch ihn hindurch, eine kleine Unschärfe, die durch Blinzeln vertrieben wurde. Verschwinde, hatte der Großvater gesagt, oder: Aus den Augen, oder: Nehmt dieses Kind weg. Und er hatte sich an die Wand gedrückt und gewünscht, im Tapetenmuster aufzugehen. Die Großmutter hatte ihn verborgen, der Vater aus dem Blickfeld des Großvaters gescheucht. Die Mutter schor ihm das Haar noch immer kurz, und so stand er in der Welt, schmal und blass, mit Stoppelglatze, Ausgeburt einer Schande, von der er nicht wusste, wie sie über ihn gekommen war.

Die Schande, dachte er, hatte mit seinem Haar zu tun, das lockig war und rotblond, während sie sonst in seiner Familie gerade, braune Haare hatten. Auch der Nachbar hatte krauses, rötlich schimmerndes Haar gehabt, und der Großvater stellte Zusammenhänge her. Während er auf der „Ybbs" dem Meer zufuhr, hatte der Lokomotivführer vom Nebenhaus Zeit, sich um die Großmutter zu kümmern.

Er war mir ein Freund in der Einsamkeit, sagte die Großmutter, und in ihrer Familie habe es genug Leute mit roten Haaren gegeben. Ihre Cousine zum Beispiel hätten sie die rote Hermine gerufen, wegen der roten Locken, auch in den Achselhöhlen habe es sich rot gekräuselt und zwischen den Beinen. Die Großmutter sei als Kind mit dieser Cousine oft baden gegangen, sie spüre noch den weichen Sand unter den Fußsohlen, der selbe Sand wie im Delta, aber als Kind habe sie noch nicht gewusst, dass sie der Donau einmal folgen und doch nichts anderes finden würde, weil das Schwarze Meer nicht am Ende der Welt und auch nicht auf der anderen Seite der Welt lag.

Ich spüre den Sand zwischen den Zehen auf dem Weg durch die Felder hinunter zum Wasser, wir laufen von den Personalhäusern in der Franckstraße durch die Lindenallee zur Kirche und weiter zur Traun, die rote Hermine ist eine viel bewunderte Brückenspringerin, aber auch sie hat oft Kratzer am Bauch von den scharfkantigen Steinen. Während Hermine mit ausgebreiteten Armen kopfüber auf das Wasser zufliegt, klatsche ich mit zugehaltener Nase hinein. Im letzten Sommer springe ich nicht mehr. Die rote Hermine liegt mit ihrer ersten Liebe am Ufer und ich habe den Schneckenkönig. Es ist ein heißer Frühsommer und der Schneckenkönig hat sich auf eine Zeit der Dürre eingerichtet. Ich habe ihn unter einer Hollerstaude beim Ausflugsgasthaus Schrefler gefunden. Ich schwänze die Schule und hocke mich unter den Holler zum Schneckenkönig. Ich bestaune das Gehäuse, es ist braun-weiß, ganz schmale Farbbänder, haselnussbraun und eierschalenfarben, ich fahre mit dem Finger die Windungen nach, mit fünf Drehungen schraubt sich der Schneckenkönig in die Welt, gegen den Uhrzeigersinn, gegen die Schwerkraft, unablässig folge ich den Windungen und verliere mich in der Zeit. Der Schneckenkönig ist mein Geheimnis. Der Froschkönig hat mich nicht interessiert, auch nicht der Freund der roten Hermine unter den Weiden. Der Schneckenkönig unter der Hollerstaude war mein Schatz.

Aber dann stand der deutsche Dampfbagger in der Wiese. Die Hollerstaude war weg und vor dem Ausflugsgasthaus eine Grube. Die Wege zu Donau und Traun gab es nicht mehr. Hochöfen wurden aufgestellt. Am Tag, als der Dampfbagger kam, habe ich meinen Frieden verloren. Ein Jahr später war der Krieg für alle da. Die rote Hermine fischten sie bei der Steyregger Brücke aus dem Wasser und ich weiß bis heute nicht, ist sie ins Wasser gegangen oder wollte sie ans andere Ufer.

Auch der Vater stellte Zusammenhänge her. Von mir hat der nichts, von mir ist der nicht, sagte der Vater. Er selbst hoffte insgeheim, dass in seinen Schläfen wirklich anderes als des Vaters Blut pochte, weil es ein Unglück war, mit diesem Mann verwandt zu sein. Noch im Traum lauerte ihm der Vater auf, warf ihn zu Boden und drückte ihm sein Knie auf die Brust. Das werde ich dir noch austreiben. Lass doch das Kind in Ruhe, sagte die Mutter, natürlich ist der von dir. Von wem soll er sonst sein. Die Mutter sagte nicht viel, denn sie war krank nach anderen Horizonten. Früher verschwand sie, kam vom Einkaufen nicht zurück, vom Garten oder am Sonntag vom Zeitungsholen, tagelang aß er mit seinen Brüdern gekochte Erdäpfel und Butter, an solchen Tagen hielt er sich von den Großeltern fern, um die Mutter nicht zu verraten – die dann wieder in der Küche stand, mit einer vollen Einkaufstasche, und Pfannen aufs Feuer stellte und dann längere Zeit ruhig und ausgeglichen war, bis sie wieder begann, auf Dieselmotoren und Nebelhörner zu horchen und den Kindern versprach, sie mitzunehmen auf die Fahrt.

Nie hatte die Mutter ihn mitgenommen.

Seine jüngeren Brüder nahm er mit in den Hafen. Sie schnorrten Zigaretten von den Matrosen, versteckten sich zwischen den Containern und schlichen in die Lagerhalle. Hinter der Lagerhalle stand eine Linde, die fremd wirkte zwischen den Kränen, Silos und Schienen. Sie zogen sich auf die Äste hinauf, erfanden Geschichten zu den vorbeifahrenden Schiffen und warteten auf den Abend.

In so eine Familie, sagte der Vater, hätte er nie einheiraten dürfen, und er frage sich manchmal, was ihn davon abhalte, sie alle wegzusprengen oder niederzuschießen und dann wieder seinen eigenen Weg zu gehen. Der eigene Weg war die Westbahnstrecke, auf der der Vater als Speisewagenkellner bis nach Paris gekommen war. Die Mutter war mit Lastwagenfahrern, die sie ansprach, bis an die syrische Grenze gekommen und das veranlasste den Vater, sich im Hafen eine Arbeit als Lagerarbeiter zu suchen. Kein Hochgefühl mehr, den Vater für ein paar Tage außer Haus zu wissen, keine Angst, die der Ankunft des Vaters vorausschlich. Der Vater ging am Morgen und kam am Abend. Die Angst blieb. Der Vater hatte die Familie im Griff und die Mutter schnitt den Schnittlauch ab.

Noch hatte er Schonzeit, weil er zu jung war, um wie der Vater im Lagerhaus zu arbeiten. Als er mit zehn Jahren auf Anfrage erklärte, Lokführer zu werden, schrie der Großvater: Nehmt dieses Kind weg. Als er mit zwölf Jahren erklärte, Lastwagenfahrer zu werden, brüllte der Vater: Das werde ich dir austreiben. Der Vater war mit ihm ins Lagerhaus gegangen und in den Schlachthof, zweifelnd hatten ihn die Männer, die dort etwas zu sagen hatten, gemustert. Der Vater war hartnäckig geblieben und sein Name wurde auf Wartelisten gesetzt.

Er lernte früh, sich schmal zu machen, unsichtbar wollte er sein. Er stand hinter seinen Brüdern und Verwandten, sie schoben ihn vor in die erste Reihe zur Großmutter, die aus der weißen Nacht noch einmal zurückgekehrt war in das überheizte Krankenzimmer. Sie hatten ihr das Gebiss weggenommen und sie in einen Spitalskittel gesteckt. Aber die Füße der Großmutter steckten in Schafwollsocken, und am Boden standen ihre Männerschlapfen. Die Großmutter sah ihn an. Die Großmutter streckte die Hand nach ihm aus. Er scheute vor der Nähe des Todes und wich zurück zu seinen Brüdern. Aus der Brust der Großmutter kam ein Keuchen und Pfeifen, dann sank sie auf den Polster zurück und ihr Kinn stand spitz in die schlechte Luft. Ihre Zunge malte ein Vermächtnis in die Stille, das nur er zu deuten wusste: Such den Schneckenkönig.

Beim Begräbnis wollten ihn die Eltern daran hindern, der Großmutter seine Schneckensammlung mit auf den Weg zu geben. Aber als sich die Familie zum Händeschütteln aufstellte, machte er sich schmal. Er warf eine Handvoll seiner schönsten Schneckenhäuser auf den Sarg. Den Schneckenkönig, flüsterte er in die Grube hinein, bringe ich dir nach. Die Großmutter sollte ihren Frieden haben.

Als die Großmutter starb, war er für die anderen längst der Schneckenkönig. Bevor er mit seinen offiziellen Berufswünschen ungewollt an der Schande rührte und auf Hass und Verachtung stieß, hätte er wirklich etwas werden wollen. Schneckenforscher. Doch der Volksschüler vermutete, dass er für diesen Beruf aus der falschen Ecke der Stadt kam. In seiner Ecke arbeiteten die Menschen im Hafen, im Schlachthof, in den Kühl- und Lagerhäusern, für Speditionen oder für das Versandhaus, viele davon auf Abruf. Die Schiffswerft nahm keinen mehr und ließ die Arbeitersiedlungen schleifen. Der Lokführer von nebenan war schon lange vor seiner Zeit gestorben. Sein Grundstück hatte sich die Stadt genommen und Stelzen mit einer Autobahn und einer Lärmschutzwand daraufgestellt. Er hielt sich gerne unter der Autobahn auf und horchte auf das Pfeifen der Räder auf dem Asphalt. Die Autos bollerten über die Abflussrinne, und das immer gleichbleibende Geräusch gab ihm ein Gefühl der Geborgenheit. Aber diese Ecke der Stadt war keine Gegend für Schnecken und Schneckenforscher.

Die Schule verursachte ihm Atembeschwerden, er stellte sich tot und ließ die Zeit des Unterrichts vorbeiziehen. Größte Angst verursachten ihm Aufsätze. Er wollte seine Gedanken nicht schutzlos in ein Heft setzen. Er wollte seine Gedanken nicht fremden Leuten ausliefern. Er suchte nach einem Ausweg: Einleitung – Umleitung – Schneckenkönig. Du bist ja ein Schneckenforscher! schrieb die Lehrerin unter einen dieser Aufsätze, ohne sich Gedanken darüber zu machen, dass sie die Wahrheit und seine Träume berührt haben könnte. In der Hauptschule hieß es nur mehr: Thema verfehlt. Da schrieb er schon nicht mehr nur über den Schneckenkönig, sondern über Lebensgewohnheiten der Weinbergschnecken, über die Schnecke als Angehörige der Mollusken, über Winterschlaf und Sommerruhe, Liebespfeile und Jahresringe der Helix pomatia, wenn es darum ging, Zitate zu interpretieren oder seine Meinung zu Heimatliebe und Landesverteidigung abzugeben.

Den spottenden Schulkollegen zum Trotz blieb er auch in den Referaten beim Thema, erzählte vom Schneckenkönig mit seinem links gewundenen Gehäuse und dessen großer Seltenheit. Es hat nichts mit der Schwerkraft der Erde zu tun, sagte er, die sei für die Richtung des abfließenden Wassers im

Ausguss zuständig, jenseits des Äquators fließe das Wasser gegen den Uhrzeigersinn ab, das Gehäuse der Schnecke drehe sich auch auf Feuerland im Uhrzeigersinn. Nur einige Schneckenfamilien hätten links gewundene Häuser. Aber nicht die Weinbergschnecke. Auch auf der anderen Seite der Welt sei der Schneckenkönig deshalb etwas Besonderes.

Sein Wissen über den Schneckenkönig hatte er von der Großmutter, später sparte er manchmal auf ein populärwissenschaftliches Heft aus der Trafik. Er drang bis zur städtischen Bücherei vor, wo er sich den farbigen Naturführer über Weichtiere so lange auslieh, bis er sich den zweispaltigen Text und die Farbphotos vollständig in den Kopf geladen hatte. Er wusste noch immer viel zu wenig. Er ging aus sich heraus und fragte die Lehrer nach dem Schneckenkönig. Die Lehrer seufzten. Die Mitschüler skandierten: Schneckenkönig, Schneckenkönig, Schneckenkönig.

Die Brüder brachten den Namen von der Schule mit nach Hause und es dauerte nicht lange, da war ihm auch daheim dieser Name übergestülpt und der andere vergessen. Der Bub war zum Schneckenkönig geworden. Wo hat sich der Schneckenkönig wieder verkrochen, der Schneckenkönig ist falsch gewickelt, Schneckenkönig, wenn du nicht spurst, mach ich dich zur Schnecke.

Der Schneckenkönig zog sich zurück. Längst ließ er seine Brüder allein im Hafen herumstreifen. Die Gänge zwischen Containern und Paletten boten ihm keine Geborgenheit mehr. Er verbrachte seine Zeit auf der anderen Seite der Donau und stocherte auf Auwegen und Wiesen nach Schneckenhäusern. Der Schneckenkönig war sehr vorsichtig, behutsam zog er eine dünne Spur durchs feuchte Gras. Er sammelte leere Schneckenhäuser. Wenn es unter seinen Füßen knackte, war der Schmerz des zertretenen Tieres sein Schmerz und Wasser schoss ihm in die Augen. Einen Radfahrer, der blicklos durch den Auwald fuhr, stieß er vom Rad und trat ihn zum Splitterfleisch einer überfahrenen Weinbergschnecke. Er ließ den Radfahrer liegen, flüchtete durch den Brennnesselwall zur Donau und schaute lange zur Lagerhalle, den Silos und dem Fernheizwerk hinüber, wie in ein fremdes Land.

Die leeren Schneckenhäuser nahm er mit ans andere Ufer. Er säuberte die Gehäuse, notierte Fundort und Fundzeit und ordnete sie nach ihrer Größe. Schubladen, Schachteln, Einmachgläser und Regale waren voll. Der Schneckenkönig hatte noch kein links gewundenes Gehäuse gefunden, aber er wusste, dass das eine Lebensaufgabe war und nicht zu vergleichen mit der Suche nach vierblättrigem Klee, der sich ihm, seit er auf der Suche nach dem

Schneckenkönig war, büschelweise ins Blickfeld drängte. Dieses Glück schlug er aus.

Zur Leichenzehrung gab es Rindfleisch mit Semmelkren, Kaffee und Nusstorte. Der Großvater war schweigsam und ging schon vor dem Kaffee nach Hause. Die anderen tranken weiter, bis ihnen die weißen Hemdkrägen zu eng wurden, und bald hingen schwarze Krawatten über den Sessellehnen und die Männer standen an der Bar und am Spielautomaten und auch die verweinten Gesichter der Frauen belebten sich mit der Zeit. Es sei besser für alle gewesen, dass es mit der Großmutter am Ende doch so schnell gegangen sei, sagten die Frauen zu seiner Mutter. Die Mutter erzählte, dass die Großmutter, bevor sie sie ins Spital brachten, tagelang regungslos am Fenster gestanden sei. An dem Fenster, von dem aus man nichts anderes sehen könne als das Nachbargrundstück mit der Lärmschutzwand. Tagelang sei die Großmutter dagestanden und habe hinübergeschaut und auf keine Zurufe reagiert. Das habe beim Großvater wieder die Eifersucht auf den Lokführer geweckt, der doch längst unter der Erde war. Komischerweise, sagte die Mutter, ließ der Großvater diese Eifersucht nie an mir aus oder an der Großmutter, sondern am Schneckenkönig, aber den hat er nun nicht mehr in Reichweite, der kommt nur noch zum Schlafen und treibt sich herum. Der Schneckenkönig gerät nach uns, sagte die Mutter, ein jeder will in eine andere Windrichtung, aber wir müssen hier zwischen Autobahn und Hafen im Kreis gehen. Wo soll das hinführen. Die Mutter hatte sich in Schwung geredet, die Frauen wurden unruhig, aber die Mutter duldete keine Unterbrechung. Der Vater und die Mutter, sagte die Mutter, waren eine Zweckgemeinschaft, weil sie dachten, sie hätten den selben Weg. Ein Bauer wird Matrose und ein Küchenmädchen geht aufs Schiff. Sie treffen sich und glauben, sie gehören zusammen. Schmarrn. Die Großmutter ist ihrem Schneckenkönig nachgefahren und der Großvater seinem Riesenfisch. Sie hat den Schneckenkönig nicht gefunden und er seinen Riesenfisch nicht gesehen. Aus wars.

Er hatte früh gelernt, sich schmal zu machen, unsichtbar wollte er sein. Er saß bei den Frauen und wünschte, die Mutter möge reden, reden, reden. Er wünschte, dieser Tag möge verblassen in den Geschichten der Mutter wie die Sonne im Nebel. Die Worte der Mutter zerrten an den Folien der Erinnerung und plötzlich war da wieder ein klares Bild. Das Kind kauerte unter dem Sessel und der Großvater sagte: Wanderfisch.

Dem Stallknecht, der mir die Geschichte als Kind erzählt hat, ist sie auch als Kind erzählt worden und alle Alten aus dem Dorf haben die Geschichte gekannt, obwohl sie vom Fleckvieh mehr verstanden haben als von Nöslingen, Rapfen und Karauschen. Einen aus unserem Dorf hat es als Tagelöhner zum Stift Göttweig verschlagen. Er schnitt Tannen um in den Wäldern der Klosterbrüder und setzte Fichten ein und den Tag des Herrn, der damals für alle galt, nutzte er für Erkundungen, schließlich wollte er etwas gesehen haben von der Welt. In Rossatz, bei Stromkilometer 2.015, setzte er sich mit seiner Jause an die Uferböschung. Es war ein warmer Tag, die Donau führte Niederwasser, von der Schotterbank aus wäre es möglich gewesen, einen flachen Stein ans andere Ufer zu den Weinbergen zu platteln. Der da am Ufer saß, wollte zuerst seinen Speck essen. Das war sein Glück. Der Strom vor ihm begann nämlich zu brodeln, und dann teilte sich das Wasser. Aus der Donau stieg ein riesiger, nicht enden wollender Fisch, er richtete sich auf, einen Augenblick schien er mit seiner Schwanzflosse auf dem Wasser zu stehen, er schaute den Mann mit schwarzen Augen unverwandt an. Dann tauchte er unter, stieg abermals auf und verschwand flossenschlagend im aufgewühlten Wasser. Der aus unserem Dorf war nass von Kopf bis Fuß, er hielt sich an den Weiden fest, um vom zurückströmenden Donauwasser nicht mitgerissen zu werden. Gute neun Meter lang war

54

der Fisch, mit einem flachen Kopf und einem Zackenmuster an der Seite. Dieser Fisch hatte eine Botschaft, sagte der Mann. Er ist ins Dorf zurückgekehrt und war ein anderer von da an, weil er die Botschaft nicht entschlüsseln konnte. Es war ein Wanderfisch, sagte der Großvater, ein Hausen, es war mit Sicherheit ein Hausen, die werden zehn Meter lang und hundert Jahre alt. Früher, vor den Kraftwerken, sind diese Fische vom Schwarzen Meer bis nach Wien und noch weiter heraufgekommen. Schon als Bub gab es für mich nur diesen Riesenfisch. Diesem Riesenfisch wollte ich begegnen. Diesen Riesenfisch wollte ich sehen, aber ich hockte in diesem Dorf hoch über der Donau und nach der Schule sollte ich in den Stall. Wenn der Fisch nicht zu ihm komme, sagte der Großvater, habe er sich gedacht, müsse er zum Fisch. Weil er sich so eine weite Reise nicht leisten konnte, sei er Matrose geworden. Viele Donaufische habe er gegessen und gesehen, auch Hausen, drei Meter lang, in Tulcea wurden sie mit Kränen von den Fischkuttern geladen. Aber der Riesenfisch war ihm nicht begegnet, obwohl die Fischer im Donaudelta bestätigten, dass es ihn gibt.

Im Delta gibt es alles und nichts, sagte die Großmutter. Schwimmende Schweine und Hühner im Sumpf, Land löst sich in Wasser auf und aus Wasser wird Land. Ich war überzeugt, dort den Schneckenkönig zu finden. Du hast mich nicht lange genug suchen lassen. Du hättest mich nicht zwingen dürfen, nicht mehr mit euch zu fahren.

Eine Frau mit so vielen Männern auf dem Schiff, das wäre nicht gut gegangen, sagte der Großvater.

Es ist gut gegangen, bis ich die Deinige wurde, sagte die Großmutter.

Das Kind unter dem Sessel wagte nicht, trotz taub gewordener Glieder, seine Position zu verändern. Diese Geschichte mit dem Riesenfisch hat sich tief in mein Hirn eingegraben, sagte der Großvater. Vielleicht finde ich noch einmal ein Schiff, das mich bis Tulcea mitnimmt. Dieser Riesenfisch lässt mir keine Ruhe. Dann war es still im Zimmer. Nur der Atem der Großeltern war zu hören. Dann sagte die Großmutter: Wir sind immer die Betrogenen.

Er lernte früh, sich schmal zu machen, unsichtbar wollte er sein. Gerne wäre er bei den Frauen geblieben, aber er war zu alt, um unter Tischen oder Sesseln zu verschwinden, dort gab es keinen Schutz mehr für ihn. Trink nicht so viel, wenn du es nicht verträgst, schrie der Vater vom Nebentisch zur Mutter herüber. Schneckenkönig, was hockst du bei den Weibern, setzt dich her da zu uns.

Der Vater dirigierte, der Schneckenkönig zwängte sich zwischen seine Onkel und Brüder, und der Vater bestellte dem Schneckenkönig ein Cola-Rum.

56

Der Schneckenkönig trank. Den fröhlichen Lärm der schwarz gekleideten Gesellschaft spülte er hinunter, den Wirtshausgeruch, die harte Bank, unter der er gerne gekauert wäre, die Hänseleien der Verwandten. Er trank, bis sich Gerüche, Geräusche und Gesichter in trübes Licht auflösten.

Im Vorraum des Damenklos sank er dann zusammen in einer Lache aus Cola-Rum, Semmelkren und Kaffee. Er hatte keinen Gedanken mehr. In der Tür erschien die schmale Gestalt der Großmutter. Die Großmutter hielt eines seiner Schneckenhäuser in der Hand und lächelte ihn an. Irgendwann zerrte ihn jemand ins Freie. Auf dem Heimweg fiel der taumelnde Schneckenkönig ins Hafenbecken. Benommen schwebte er im Wasser, sah einen einsamen Stern am Hafenhimmel und dachte nicht ans Schwimmen. Er hörte das Wasser gluckern und wunderte sich, warum es ihn trug, wo doch die Kälte alle Luft aus ihm herausgepresst hatte. Die anderen lachten. Nur die Mutter schrie. Der Vater zog ihn an Land und stieß ihn bis nach Hause vor sich her.

Die Großmutter stand am Fenster. Das Zimmer drehte sich. Er fand keinen Halt auf dem schwankenden Fußboden. Steif wankte er auf das Fenster zu. Die Großmutter streckte ihre Arme nach ihm aus. Seine Hände glitten ins Leere. Er zog sich an den Möbeln hoch, stützte sich am Fenster ab und fiel wieder einem Schatten in die Arme. Er tanzte, bis er fiel und fiel und die Wände auf ihn niederkrachten. Er versuchte nicht mehr, aufzustehen.

Der Schneckenkönig träumte. Er träumte, mit den Großeltern die Donau entlangzugehen und dann über die Nibelungenbrücke nach Urfahr. Der Großvater trug einen schwarzen Anzug, die Großmutter ihre Männerhosen und die Lederschlapfen. Ein riesengroßer Fisch tauchte neben ihnen aus dem Wasser. Der Wanderfisch. Auf der Höhe des Brückengeländers öffnete der Riesenfisch das Maul und zeigte seine Zähne. Schneckenkönig steh auf, flüsterte der Fisch. In den schwarzen Augen des Fisches schimmerte Trauer. Wasser schwappte über die Brücke. Die Großeltern begannen zu laufen. Die Donau kochte. Über hellem Schotter drängten sich mehrere dieser Riesenfische. Ein ganzer Schwarm. Der Schneckenkönig drehte sich um und sah, dass die Großeltern nicht mehr auf der Brücke standen. Auch die Fische waren fort.

Der Schneckenkönig erwachte inmitten seiner Schneckenhäuser. Der Boden des Zimmers war übersät mit Hunderten Scherben und Splittern aus zartem Kalk. Der Schneckenkönig legte die Schalen sorgfältig zu Mustern. Er formte Spiralen. Spiralen aus den Spindeln der Schneckenhäuser, Spiralen aus den größeren Scherben und Spiralen aus den Splittern, ein Mosaik großer und kleiner

58

Schneckenmuster, alle Schnecken von rechts nach links gelegt, gegen den Uhrzeigersinn. Draußen war Nacht.

Er lernte früh, sich schmal zu machen, unsichtbar wollte er sein. Ein Schatten glitt durchs Haus und war unterwegs in eine Nebelnacht. Der Schneckenkönig war die Schienen entlang zum Hafen gegangen. Er trug noch immer seine nassen Kleider, aber er fror nicht mehr. Er hatte sein Ziel erreicht. Der Schneckenkönig saß auf dem Ast der Linde und wartete. Die Linde hinter der Lagerhalle bot den Arbeitern Schatten in den Sommertagen. Auch dem Schneckenkönig würde sie Schutz bieten. Er hatte früh gelernt, sich schmal zu machen. Ein Schatten war durchs Lagerhaus geglitten und dann in eine Nacht, die glühen würde.

Dem Schneckenkönig war die Welt zu eng geworden. Die Tür des Großvaters im Erdgeschoss war abgesperrt gewesen. Winterruhe, dachte der Schneckenkönig, der Großvater deckelt sich ein, bis die Schneeschmelze das Wasser der Donau wieder steigen lässt und ihn ein Schiff mit nach Tulcea nimmt.

Mit einem dumpfen Knall brachen die Flammen durch das Dach der Halle. In den Augen des Schneckenkönigs spiegelten sie sich hell und groß und unersättlich. Hätte ihm zuvor jemand in die rotbraunen Augen geschaut, er hätte darin das Elend dieser Welt erkennen können. Der Schneckenkönig aber hatte gelernt, die Lider zu senken.

Jetzt richtete er sich ein auf eine lange Zeit der Dürre.

Amuse-Gueule

B. hatte uns heimlich für das Kochseminar ange-
meldet. Eine Veranstaltung am Wochenende unter
dem Motto „Wilde Genüsse". Er wollte mich
überraschen, war aber dann selbst der Überrasch-
te. B. hatte das Kleingedruckte nicht gelesen. Viele
Zutaten für die Gerichte sollten selbst gesammelt
werden. Darauf war B. nicht eingestellt. Wenn er
sich für ein Kochseminar anmelde, wolle er an
keiner Expedition teilnehmen. Wir anderen trafen
uns mit dem Koch, der uns in die Au führte und
zu einem Bach, um uns essbaren Wildpflanzen
näherzubringen. Wir pflückten und schnitten ab
und gruben aus. Mir zeigte der Koch seinen Lieb-
lingsplatz. Mit der Fingerspitze folgte ich der Lan-
zettenform des Bärlauchs. Die gefiederten Blätter
einer jungen Schafgarbe streichelten meinen Hand-
rücken und kitzelten am Hals. Zum Kosten bot
mir der Koch Gänseblümchenknospen an. Wir
saßen an der Uferböschung und schauten auf
wassergeschliffene Steine, die sich ins sandige Bachbett schmiegten. Die Knospen lagen zart auf der
Zunge und hatten beim Zerbeißen einen nussigen
Geschmack. Später fuhren wir zum Seminarhotel
und machten uns ans Kochen. Wir schnitten, über-
brühten, rösteten, dünsteten, gossen auf, würzten,

pürierten, seihten ab und richteten an. Der Koch bat mich, die Menükarte zu schreiben. Ich habe eine klare Handschrift.

Schafgarbensulz im Wildblütenbett
Schaumsüppchen von der Brunnenkresse
Brennnesselblätter im Bockbier-Backteig an Kren-Sabayon
Bärlauch-Sushi
Morchelrisotto
Hopfensprossen-Erdbeersalat mit Basilikum und rosa Beeren

B. war auch zur Verkostung nicht gekommen. Seine Erwartungshaltung war eine andere gewesen. Eine anregende Menüfolge mit der Wirkung einer Handvoll Spanischer Fliegen schien er sich vorgestellt zu haben. Von der Suppe bis zur Nachspeise hätte sich die Lust dermaßen ins Unermessliche steigern sollen, dass die Tafelnden nicht mehr anders gekonnt hätten, als übereinander herzufallen, die Stoffserviette noch am Schoß, die Dessertgabel noch in der Hand.

Passiertes Unkraut konnte er nicht mit *wild* und schon gar nicht mit *Genuss* in Verbindung bringen.

Der Koch hatte dann eine Einladung ausgesprochen und B. hatte sie angenommen. Für uns beide.

Warum auch nicht. Wir gingen gemeinsam ins Kino, wir gingen gemeinsam tanzen, wir lernten gemeinsam Französisch. Wir waren ein Paar.

Schälchen wurden auf den Tisch gestellt. Eine sonnengelbe Zucchiniblüte, gefüllt und herausgebacken, eine Kirschtomate in sattem Rot mit schneeweißer Fülle unter dem Thymianschopf und eine dunkel schimmernde Zwetschke im bernsteinfarbenen Speckmantel. Der Koch nickte. Ich suchte seinen Blick. Ich lächelte. Der Koch lächelte. B. konnte ihn nicht sehen. Er saß mit dem Rücken zu ihm. Gleich würde der Koch wieder in der Küche verschwinden und seiner Arbeit an den Töpfen und Pfannen nachgehen. Ich stellte mir die Hitze in der Küche vor und den Koch, der seine Kochjacke ausgezogen hatte und jetzt mit nacktem Oberkörper das Wiegemesser auf die Minze setzte. Seine Brust glänzte.

Ich hatte B. zu lange aus den Augen gelassen. Schon wieder war er mit seiner Gabel auf meinem Teller. Ich holte Luft und griff nach meiner Gabel. Wir hatten unterschiedliche Essgewohnheiten. Ich sparte mir die besten Bissen für den Schluss auf, *garder quelquechose pour la bonne bouche,* wie der Franzose sagt. Er ließ über, was ihm nicht schmeckte und wilderte dann mit seiner Gabel auf meinem Teller. Isst du die Schwarteln nicht mehr?, sagte er und schon krachten sie in seinem Mund, während ich noch am letzten Stück Schweinsbraten kaute. Er aß sie mir weg wie die Pinienkerne vom gratinierten Fenchel und die Mangocreme vom Limettenmousse.

Ich hätte längst mit meiner Gabel zustechen sollen.

Amuse-Gueule hörte ich ihn sagen. Lass dir den Gaumen kitzeln. Seine Gabel fegte die Thymianblättchen aufs Teller. Die Zinken glitten ab von der festen Haut der Tomate und quetschten die Fülle heraus.

– Iss doch von deinem Teller, sagte ich.

– Ja, sagte er, aber zuerst wirst du gefüttert. Mund auf.

Die Kirschtomate schmeckte würzig-süß. Weil der Großteil der Fülle auf dem Teller klebte, war nicht wirklich wahrzunehmen, ob der Ziegenfrischkäse mit einer Spur Honig abgeschmeckt worden war, und weil der Thymian auf dem Teller verstreut lag, blieb nur eine Ahnung vom Dreiklang dieses Grußes aus der Küche, der ein Gruß an die Sonne hätte sein sollen und ein Gruß vom Süden.

Wenn B. mich fütterte, konnte er mich nicht küssen. Zumindest nicht so leicht. Wir hatten verschiedene Kussgewohnheiten. Früher steckte er mir ohne Vorwarnung seine Zunge ins Ohr. Mir kam vor, er versuchte sich auf diese Art Zugang zu meinen Gedanken zu verschaffen. Lass das, hatte ich gesagt. Er ließ es nicht. Er schnaufte und schmatzte in meine Ohrmuschel und war überzeugt, ich fände das erregend. Ich dachte mich weit weg vom speichelnassen Ohr und folgenden manchmal bitteren Küssen. Aber die Küsse waren Küsse. Jetzt war das anders, seit einiger Zeit. Seine Zunge drang nicht mehr in die Mundhöhle vor, sondern fuhr die Zahnreihen entlang, bestimmend und ungestüm, als würde sie etwas suchen von dem sie sicher war, es hinter meinen Lippen, auf meinen Schneidezähnen zu finden. Seine Zunge fand nicht, was sie suchte, und er biss mich in die Lippen. Ohne Vorwarnung.

Die Gabel säbelte mit der Seitenkante in die Zucchiniblüte, wieder quoll Fülle aufs Teller, aber die Blüte ließ sich nicht teilen und wurde schlaff. Die Gabel schabte die Fülle vom Teller und kam mit der Blüte, die jetzt nur mehr ein grünlicher Lappen war, auf mich zu.

– Mund auf, sagte er, das ist erst der Vorgeschmack, glaube mir, nicht nur der Koch gibt heute sein Bestes.

Ich wusste, wie dieser Tag enden würde. Ich wusste, wie ich mich durch die Nacht bringen würde. Ich wusste, wie der morgige Tag beginnen würde. Sich sinnlos betrinken heißt *se soûler la gueule* und ich bin verkatert heißt *j'ai la gueule de bois*. Und ich wusste, dass ich den Mund wieder nicht aufgebracht haben würde, um ihm zu sagen, dass es aus ist mit unserer Liebe. Erloschen ist sie. Erstickt. Ich bin keine Frau, die sich gerne füttern lässt und ich bin keine Frau, die füttert. B. aber liebte es, mir etwas in den Mund zu stecken. Eine Dattel, eine Weintraube, einen Salzcracker mit Liptauer aus dem Kühlregal, ein Stück Vollkornbrot mit Bergkäse, eine Salzgurke, eine grüne Olive, ein Stück Schokolade, einen scharfen Kaugummi und noch eine Dattel. Und während ich lutschte und kaute und schluckte, redete er ununterbrochen und forderte Aufmerksamkeit und Antwort. Und während ich beim Essen lieber schweige, um den Aromen nachzuspüren und mich auf den Geschmack einzulassen, redete B. uns vom Essen weg. Komplizierte Zusammenhänge wollte er erörtert haben oder uns zum Lachen bringen oder den weiteren Tagesverlauf festlegen. Halt's Maul heißt *ta gueule*. Nie hatte ich es geschafft, ihm das zu sagen. Wahrscheinlich weil ich den Mund immer voll hatte, während er redete und redete und redete.

Die Zucchiniblüte war mit jungem ungesalzenem Ricotta gefüllt. Leicht und zart lag die Fülle auf der Zunge. Ich stellte mir vor, wie sie in der Blüte geschmeckt hätte. Wie ein warmer Windhauch über einem sonnigen Gerstenfeld. Die Gabel wartete mit dem Speckmantel. Die Dörrzwetschke war auf das

Tischtuch gekollert. Ich nahm B. die Gabel aus der Hand und spießte die Zwetschke zum Speck.

– Iss jetzt endlich selber, sagte ich und gab ihm meine Gabel.

B. fegte den Thymian von der Kirschtomate.

– Wir brauchen neue Winterreifen, sagte er. Michelin. Oder doch Dunlop. Was meinst du? Michelin sind billiger. Oder Continental? Keine Koreaner. Bis zur Winterreifenpflicht haben wir noch genug Zeit, uns zu entscheiden. Schneeketten brauchen wir auch. Was meinst du, fahren wir im Winter in die Berge oder fliegen wir ans Meer? Vielleicht sollten wir einmal in den Norden fahren. Nach Flensburg und an die dänische Küste. Im Winter gibt es keine Gelsen. Oder sind die noch weiter oben im Norden. Nein, so weit in den Norden fahren wir nicht im Winter, dort ist immer Nacht. Wenn wir diesen Winter daheim bleiben, könnten wir uns jetzt einen Kachelofen setzen lassen, was meinst du? Neue Fenster brauchen wir auch …

Der Koch hatte in die Dörrzwetschke eine kleine scharfe Spur gelegt, die durch das süße Fruchtfleisch zum kross gebratenen Speck führte. Auch auf dem Weg zur Küche gab es kein Hindernis. In der Küche brodelte es. Der Koch stand am Ofen. Er kostete und goss goldgelbe Flüssigkeit in die Rein vor ihm. Ich hörte es zischen. Er kostete noch einmal. Dann legte er den Löffel zur Seite und drehte sich um. Er schien sich zu freuen, mich zu sehen. Der Koch hatte seine Kochjacke nicht ausgezogen. Über der Kochweste trug er eine Schürze. Eine dunkelblau-weiß gestreifte Küchenschürze und auf dem Latz las ich das Wort *Chef*. Wer schenkte solche Schürzen? Hatte er sie sich selbst gekauft? Jedenfalls hatte er sie sich selbst umgebunden. Das stand fest. Nach meinem Geschmack tragen Männer keine Kochschürzen mit der Aufschrift *Chef* am Latz. Nach meinem Geschmack tragen Männer keine Schürzen. Auch nicht beim Kochen. Von B. erwartete ich schon lange nichts mehr. Vom Koch hatte ich mir einiges erwartet. Ich hätte mich gerne überraschen lassen. Aber nicht mit einer blau-weiß gestreiften Chef-Schürze. Ich blickte zu Boden, um dieses Kleidungsstück nicht länger sehen zu müssen. Der Küchenboden war mit sienaroten Fliesen ausgelegt. Ich stellte mir vor, dass der Koch die Schürze ablegte und die Kochjacke auszog, mich in seine Arme schloss und wir uns ins Sienarote fallen ließen. Es half. Ich konnte dem Koch wieder in die Augen schauen. Eine Chance sollte er noch bekommen.

– Es freut mich, dass du mich besuchen kommst, sagte er. Die Beilagen und die Salate sind fertig. Die Suppe auch. Jetzt bereite ich noch das Dessert

68

vor. Quittengratin mit Vogelbeereis. Dann komme ich zu dir hinaus.

Der Koch beugte sich über eine große Rein.

– Schopfbraten vom Mangaliza-Schwein in Olivenöl geschmort. Ich habe Äpfel mitgebraten und mit Apfelmost aufgegossen.

– Ich habe einmal ein Mangaliza-Schwein gestreichelt, sagte ich. Ich habe es gekrault. Das Schwein hatte dichte schwarze Locken. Es ließ sich zur Seite fallen und schloss die Augen und ich kraulte es weiter, am Kopf und am Bauch und im Nacken. Das Schwein schnaufte, rührte sich nicht mehr. Die Wonne hatte ihm die Sinne schwinden lassen. Das Schwein war in Ohnmacht gefallen.

– Ein glückliches Schwein, sagte der Koch. Hier, koste einmal, was meinst du? Fehlt noch etwas?

Er hielt mir den Löffel hin. Seine Hände rochen nach Honig und Apfel. Der Löffel war heiß. Ich schlürfte vorsichtig. Knoblauch, Kümmel, Koriandersamen, Rosmarin und eine Prise Salbei brachten den Geschmack von Olivenöl und Fleischsaft zum Schwingen, die fruchtige Note des Apfelmostes sorgte für Licht und Weite und ich schlürfte mich hinein in diese Welt der Aromen wie in eine längst verloren geglaubte Landschaft. Ich kostete und schlürfte und vergaß, dass der Löffel heiß war und der Saft mit dem herausgebratenen Fett noch heißer. Als ich die Blase am Gaumen spürte, war es zu spät.

– Was ist?, fragte der Koch

– Heiß, sagte ich. Eine Brandblase.

– Wo.

– Hier am Gaumen.

– Eine empfindliche Stelle.

Ich ging zum Licht und machte den Mund weit auf. Neben dem Arbeitsbrett lagen die Messer. Der Koch arbeitete mit japanischen Hack- und Wiegemessern. Und während sich der Koch zu mir herunterbeugte und ich den Hals noch weiter zurückbog, damit er die Blase am Gaumen orten konnte, und er mich hielt, damit ich das Gleichgewicht nicht verlor, und ich mich an ihn drückte, griff ich mit der freien Hand nach einem Messer. Ich erwischte das Deba Hocho. Ein Messer aus Damaszenerstahl, hervorragend geeignet zum Fischeköpfen und Kräuterhacken, zum Zerteilen von Geflügel und Fleisch. Ein Messer für Profis. Einseitig angeschliffen. Scharf und spitz.

Vorsichtig tastete die Zunge über die Blase am Gaumen.

Ich wünschte B., dass er zumindest seine gefüllte Zucchiniblüte mit Andacht gegessen hatte. Denn auch ich war bereit, mein Bestes zu geben.

Unterwegs

Unterwegs. Vom Café Meier zum Hauptplatz, der Pfarrplatz ein Loch, Gitter leiten um, weg vom kürzesten Weg, über Bretter zur Kirche, es ist spät, ich bin spät dran, es bleibt keine Zeit für den Herbst, nicht einmal Zeit für den Herbst in den Lindenkronen am Pfarrplatz. Noch reiben sich gelbe Blätter an grünen. Bald wirbeln sie sich weg im blauen Föhn. Zwischen Drahtgeflecht weisen Bretter den Weg an der Pfarrkirche vorbei und am aufgerissenen Pflaster, ich komme zu spät zum nächsten Termin, eigentlich ein Besuch. Im Sonnenhof liegen die Alten zu zweit in den Zimmern, manchen ist das recht, manchen nicht, manchen fällt es nicht auf. Ich sammle Geschichten, bevor sie verblassen, verstummen, sich auflösen im offenen Raum des Vergessens. Oft komme ich zu spät in das Haus mit den zittrigen Alten am Gang, die dich freudig begrüßen. Sie denken, du kommst sie besuchen und hast Zigaretten und bringst sie nach Hause. Dann schläft die Geschichtenerzählerin, ihre Mundwinkel zucken, sie lächelt. Wo träumt sie sich hin? Oder sie sieht mich an und sagt, heute erzähle ich nicht. Die Vergangenheit belastet zu stark. Spargel würde sie gerne noch einmal essen, den grünen. Jetzt ist es Herbst und nicht Frühling, und im Sonnenhof kochen sie Backfisch und Grießkoch. Grüner Spargel, sagt sie, mit etwas zerlassener Butter und jungen Kartoffeln und eine Spur weißer Pfeffer.

Drei Männer knien zwischen aufgerissenem Pflaster. Hotels braucht die Stadt, mit abgezählten Sternen, vier sind nicht schlecht, noch besser sind fünf und Tiefgaragen, und deshalb das Loch auf dem Pfarrplatz. Ich fahre mit dem Auto nicht gerne unter die Erde, mit ist es zu eng dort und die Ausfahrt zu steil, aber einmal übernachten in Linz, in einem Hotel, der Stadt mit fremden Augen begegnen. So schnell wird alles vertraut, der Pendlerparkplatz an der Donau in Urfahr und die Roma in der Stadtwerkstatt vor dem Café Strom, wenn sich der Kratzton der Geige vermischt mit dem Keuchen der Quetsche und dem Knallen des Tischfußballs und drinnen wummern elektronische Bässe und pfeifend bohren sich grüne Spiralen in die Wand. Die Roma übernachten in ihren Autos am Parkplatz. Sie bleiben nicht lange in Linz. Dann kommen andere, aus der Slowakei oder Rumänien. Noch ist es zu früh zum Tanzen drinnen und draußen, und schon wieder sind es zwei, drei Gespritzte zuviel. Das Kunstmuseum, das Lentos, wirft blaues Licht über die Donau und ein Schiff schickt das Stampfen seiner Motoren voraus. In die Nacht stanzen sich gelbe Quadrate. Ein Blick in Kajüten,

72

eine Zeitlang noch steht das Brummen des Diesels am Wasser. Am Fahrrad halte ich mich fest. Auf dem Schiff wär ich gern. Wegfahren von Linz und ankommen in Baja, Novi Sad, Tulcea oder auch Straubing. Aussteigen und schauen. Riecht es nach Donau, nach Fisch oder Stahlwerk? In Baja gibt es ein Fischsuppenvolksfest, in Novi Sad ein Literatur-festival und ein Zentrum für Kriegstraumatisierte, in Tulcea das Delta. Oder ankommen in Linz mit dem Schiff, im Herzen die Bilder der Fahrt, und fremd sein. Was drängt sich ins Auge? Das Schloss, der Pöstlingberg oder die VOEST? Die Schlote und Hochöfen des Stahlwerks sind am schönsten von Oberbairing aus gesehen, oder vom Hochholdweg, von der Dießenleiten oder vom Gründberg, jeden-falls ein blühender Mostbirnbaum, Hagebutten im Reif oder eine wespendurchsummte Streuobst-wiese und unten die rauchenden Schlote am Ufer des metallisch glänzenden Stroms. Nein, das ist nicht der Blick einer Fremden. Wahrscheinlich blie-ben als Eindruck der Hauptplatz, die Lände, die Straßenbahn und die Donau mit den Hügeln rings-um. Oder in der Fußgängerzone das Muster des Pflasters. Es lässt keinen Gehrhythmus zu, will man das Berühren der Fugen vermeiden. In der Herren-gasse in Czernowitz schwingt sich das Kopfstein-pflaster in immer wiederkehrenden Bögen, recht viel mehr weiß ich nicht von der Hauptstadt der

Bukowina, denn ich war auf der Suche nach einem Kanaldeckel mit Doppeladler, ein Relikt aus der Zeit der Monarchie. Zumindest aus der rumänischen Zeit habe ich einen entdeckt, mit kubistischem Muster.

Drei Männer knien auf der Erde zwischen aufgerissenem Pflaster. Da stimmt etwas nicht. Ich bin spät dran. Ich komme zu spät. Drei Männer knien auf der Erde. Sie kratzen und pinseln. Knochen legen sie frei. Ich bleibe stehen. Ein Gerippe mitten am Pfarrplatz. Ein Schädel ohne Unterkiefer liegt etwas abseits. Knochen für Knochen lösen sie aus der Erde. Zwanzig Zentimeter unter dem Straßenbelag. Es gibt ein System. Die Knochen werden nach Größe geordnet und kommen in Schachteln. Oberschenkelknochen, Schienbeine, Ellen und Speichen. Rippen und Wirbel. Die Schädel legen die Männer beiseite. Ich schau ihnen zu. Sie winken mir. Drei Tote haben Platz in den Schachteln. Die Knochen sind braun. Der Himmel ist blau. In den Linden rascheln die Blätter.

Ich komme zu spät. Sie sieht mir entgegen. Die Fenster bündeln das Licht auf dem Gang. Breite Streifen flirren am Boden. Mit großen Schritten setze ich über. Ein Lichtlauf. Sie sieht mit entgegen. Wo bleibst du. Wo warst du. Ich erzähle ihr von den Gerippen am Pfarrplatz. Zwanzig Zentimeter unter dem Pflaster. Sie versteht nicht oder will nicht verstehen.

Die Vergangenheit belastet zu sehr. Ich will nicht mehr darüber reden.

Tut mir leid, sage ich, nächstes Mal komme ich früher, dann gehen wir essen.

Grüner Spargel, sagt sie, mit etwas zerlassener Butter und frühen Kartoffeln.

Jetzt aber liegt Wild auf den Tellern.

In letzter Zeit träume ich oft vom Schwimmen, sagt sie. Das Wasser ist warm. Dickflüssig und schwer. Wie Honig. Ein Wasser, das dich nicht trägt. Doch du sinkst nicht bis auf den Grund. Du schwebst und kommst nicht vom Fleck.

Alles erstarrt. Die Erinnerung stockt.

Schon wieder neue Tabletten. Für den Schlaf in der Nacht, für den Dämmer am Tag. Sollen sie den Abflug erleichtern? Ich weiß nicht. Ich träume, ich schwebe im Wasser. Wasser wie Honig. Dickflüssig, klebrig, zäh. Dieses Wasser gibt dich nicht frei. Ein Kampf, jede Nacht dieser Kampf, sagt sie. Ich schreie und schwitze mich aus dem Traum und weiß, ich komme nicht mehr heraus. Nacht für Nacht dieser Kampf. Und ich bin doch immer so gerne geschwommen.

Unterwegs. Auf der Landstraße. Im Laufschritt. Soweit das geht bei der Ordnung des Pflasters. Es ist drei viertel sechs. Einkaufen muss ich noch und vor allem brauche ich ein Kabel. Das richtige Kabel für den neuen Drucker mit Fax-Funktion. Der Originalpackung beigelegt war ein Stecker nach deutscher Norm. Doch der passt nicht zu österreichischen Anschlüssen. Benötige ich einen Adapter oder ein Kabel mit anderem Stecker? Umtauschen geht nicht. Soviel habe ich in Erfahrung gebracht. Es ist heiß. Schwitzende Menschen im Aufzug. Auf der Rolltreppe glüht grün der Lichtspalt zwischen den Stufen. Saturn. Das war auch der römische Gott der Zeit. Saturn fraß seine Kinder. Saturn frisst meine Zeit. Ich muss noch einkaufen. Wo sind die Kabel. Wo finde ich das richtige Kabel. In der Audio-Abteilung gibt es sie nicht. Auch bei den Videogeräten bin ich nicht richtig. Bei den Computern sagt mir ein freundlicher Herr: andere Abteilung. Für die Abteilung, die ich suche, ist er leider nicht zuständig. Da drüben, dort steht der Kollege. Der Kollege erklärt zwei Kunden das Tarifschema eines Mobilfunkanbieters. Ich höre zu und warte. Die beiden können sich nicht entscheiden. Tut mir leid, ich bin nicht von dieser Abteilung, sagt der Mann dann zu mir, da müssen Sie zum Kollegen. Wo ist der Kollege. Das weiß ich nicht, sagt der Herr, denn das ist nicht meine

Abteilung. Ich hetze zurück zum Verkäufer bei den PCs. Der war nicht von dieser Abteilung? Aha. Nein, ich kann Ihnen nicht helfen. Da vorne, wenn Sie bitte schauen, da muss er wo sein, der Kollege. Es ist schwül. Ich bin spät dran. Einkaufen muss ich auch noch. Wir schließen in fünf Minuten, informiert eine freundliche Stimme. Einen schönen Abend wünscht sie. Ich habe noch immer kein Kabel.

Ein Drahtkorb mit CD-Rohlingen verstellt mir den Weg. Ich schiebe am Korb, ich rüttle, ich kippe ihn um. Jetzt ist mein Weg gepflastert mit schimmernden Scheiben. Das Muster stimmt noch nicht ganz. Es knirscht unter den Schuhen. Diese Ordnung werde ich jetzt gestalten. Es knirscht und es splittert und ich schreie. Und dann wird mir leicht. An der Schlange bei der Kasse dränge ich mich vorbei. Nie wieder, brülle ich der Kassiererin ins Gesicht, kaufe ich bei euch ein, nie wieder. Ihr stehlt meine Zeit. Erstaunt blickt die Frau auf von ihrer Kassa. Warum schreien Sie so laut? Fehlt Ihnen was? Ist Ihnen nicht gut? Schachteln mit Batterien hängen am Regal bei der Kassa. Dicke und schmale und solche in Form eines Rechtecks. Wie flache Steine über den See gleiten sie über den Boden. Leute springen zur Seite. Die Hand, die mich packt, ist nicht die Hand mit dem Retourgeld. Loslassen, schrei ich, ich bin spät dran. Loslassen. Ihr wisst doch, dass ich spät dran bin. Einkaufen muss ich. Ich habe noch immer kein Kabel.

Unterwegs. Ich liege im Bett. Ich darf meine Hand nicht bewegen. In der Vene steckt eine Nadel. Von einer Flasche aus Glas tropft Flüssigkeit in den Schlauch. Der Schlauch führt zur Nadel in meinem Arm. Beruhigen soll ich mich, sagen die Schwestern. Ich muss einkaufen, sag ich, und kochen. Eine warme Mahlzeit am Tag. Wo ist mein Kind. Lassen Sie mich los. Ich muss nach Hause. Sofort. Ich ruf den Arzt, sagt die Schwester. Niemand ist zuständig, sage ich zu den anderen Frauen im Zimmer. Sie schicken dich im Kreis. Sie stehlen deine Zeit. Es geht Ihnen nicht gut, sagt mir die Schwester. Ein Mann im weißen Kittel will wissen, warum ich so aggressiv bin. Dann diktiert er der Schwester Namen von Medikamenten. Mein Kind, sage ich. Ich kann hier nicht bleiben. Ich muss nach Hause. Und vorher einkaufen. Vielleicht hat das Geschäft am Bahnhof noch offen. Schauen Sie doch aus dem Fenster, sagen die Frauen im Zimmer. Es ist stockdunkle Nacht. Gehen Sie wieder ins Bett. Wir wollen endlich schlafen.

Unterwegs. Ein Mann schiebt mein Bett. Auch er trägt einen weißen Kittel. Er ist kein Arzt. Der Fährmann bin ich, sagt er zu mir. Nein, keine Angst. Das war nur ein Scherz. Ich bringe Sie zur Untersuchung und dann wieder zurück in Ihr Zimmer. Er schiebt mich durch gläserne Gänge in Lifte hinein und wieder hinaus. Dann biegen wir im Keller um zugige Ecken. Er rollt mich vorbei an Umkleideräumen und vorbei an der Prosektur. Vor den Untersuchungsräumen mit den großen Röhren parkt er mich ein. Die Mappe mit der Kranken-geschichte legt er mir auf die Füße. Vier Betten warten vor mir. Noch immer tropft über mir eine Flasche. Luftblasen steigen auf. Bald wird die Fla-sche leer sein.

Ich spüre die Nadel im Fleisch. Wir spritzen Ihnen dann ein Kontrastmittel, sagt die Schwester, und machen Bilder von Ihrem Kopf. Wichtig ist, dass Sie stillhalten. Die Untersuchung wird zwan-zig Minuten dauern. Hier drücken Sie, wenn es Ihnen in der Röhre zu eng wird. Kopfhörer setzt sie mir auf, dann geht sie hinaus.

Unterwegs. Ich bin allein im Raum. Ich bin in der Röhre. Sie schießen mir das Kontrastmittel ins Blut. Ich rühre mich nicht. Die Augen soll ich schließen. Die Röhre rattert und kreischt. Blätter wirbeln im Föhn.

Funkenflug

Wir trafen ihn auf dem Auto-Camp in Zablace.

– Ich bin der Rolf, sagte er und setzte sich an unseren Klapptisch. Nennt mich Rolf, einfach Rolf. Ihr wisst, dass es verboten ist, hier zu grillen? Auf diesem Campingplatz ist offenes Feuer nur an ausgewiesenen Plätzen erlaubt. Keine Angst, ich melde das nicht. Aber Funkenflug, das wisst ihr doch, mit Funkenflug ist nicht zu spaßen. Brennt alles wie Zunder. Hier kannst du deine Kippen nicht einfach auf den Boden werfen.

– Wir rauchen nicht, sagte mein Mann.

– Ihr hantiert mit offenem Feuer. Fahrlässig, fahrlässig. Ich schau euch schon eine Weile zu. Gestern hat ein Windstoß euren Grill umgeblasen. Nicht sehr kompakt, das Ding.

– Das ist unser Koffergrill, versuchte ich zu erklären, die Beine lassen sich abschrauben und im Inneren des Grills verstauen. Deckel zu. Er lässt sich leicht transportieren und braucht wenig Platz.

– Ist doch egal, sagte mein Mann. Haben wir den Campingplatz in Asche gelegt? Eben.

Mein Mann war schlecht gelaunt. Ein Gichtanfall kündigte sich an. Wie jedes Jahr im Urlaub. Zuerst die lange Fahrt. Das Auto heiß. Die Buben lästig, und dann die Suche nach einem Zeltplatz, an dem es vier Personen drei Wochen lang miteinander aushalten können. Der Aufbau der Zelte auf hartem, steinigem Boden. Wir waren ihm keine rechte Hilfe. Wir steckten Zeltstangen ineinander und fädelten sie in Schlaufen und Ösen. Wir reichten Hammer, Heringe und Blasebalg bis die Zelte standen und Luftmatratzen und Schlauchboot aufgepumpt waren.

Rolf hatte uns beobachtet. Er hatte wahrscheinlich nicht nur gesehen, wie die Windbö den Koffergrill umblies. Halbgare Koteletts und glühende Holzkohlen zischten auf dem Nadelboden des Pinienwäldchens. Wir gossen all unsere vom Nasszellenbereich mühsam herbeigeschleppten Wasservorräte auf das Fleisch und die Glut. Bald standen wir knöcheltief in rotem Schlamm. Die Windbö hatte auch das Schlauchboot umgestoßen, das mein Mann wegen der spitzen Steine an unsere Zeltwand gelehnt hatte. Nach dem Essen wollten wir das Boot zum Wasser bringen.

Tomaten und Zwiebel für den Salat waren geschnitten. Wir beschlossen, daraus Letscho mit Reis zu machen. Mein Mann kam mit der Vakuumverpackung des Reises nicht zurecht. Wo ist die Schere, schrie er, wo ist die Schere! Ich wusste nicht, wo die Schere war. Zuletzt hatte ich sie gesehen, als unser Älterer Sturmleinen schnitt. Die Kinder waren schon bei den Duschen, um ihre Füße und

Turnschuhe zu waschen. Ungeduldig kramte mein Mann nach dem Fleischmesser. Beim Versuch, die Verpackung zu öffnen, rutschte er ab und schlitzte sie der Länge nach auf. Die Reiskörner lagen im Dreck und das Messer war auf das Schlauchboot gefallen. Ein kleiner Schnitt auf dem Bug, kaum zu sehen. Das Boot war sofort geflickt. Der Beutel mit dem Reparaturzeug lag noch im Kofferraum und darin war eine zweite Schere, an die wir nicht gedacht hatten. Wir aßen Weißbrot mit Tomatensalat. Nachher trugen wir das Schlauchboot zum Meer. Wir wollten zu der dem Campingplatz vorgelagerten Insel. Die Hälfte der Strecke hatten wir hinter uns, als mir ein Geräusch die Freude auf die Insel und den Sonnenuntergang nahm. Das Boot keuchte bei jedem Ruderschlag. Unter dem Klebeband entwich Luft. Das macht nichts, sagten mein Mann und die Buben. Ich aber drückte meinen Daumen fest auf die Klebestelle und wollte umkehren. Mit einem Krampf in der Hand sprang ich am Strand des Campingplatzes vom Schlauchboot. Und Rolf saß irgendwo zwischen den Pinien und beobachtete uns.

Zablace war nicht unsere erste Wahl. Der Campingplatz, auf den wir wollten, war überfüllt. Andere, die wir von früher kannten, waren geschlossen. Wir kurvten die Küstenstraße entlang.

Das Meer war blau und glitzerte am Horizont. Wir entfernten uns immer weiter von Istrien und Rijeka. Es war nicht zu übersehen, dass in diesem Land vor kurzem noch Krieg geherrscht hat. Verkohlte Bäume, brachliegende Felder, ausgebrannte Häuser, manchmal eine ganze Zeile, dann wieder nur einzelne Gebäude. Campingplätze waren vom Militär beschlagnahmt und in Ferienanlagen wohnten Soldaten oder Flüchtlinge. Daneben und dazwischen wurde die neue Zeit sichtbar. Neben Einfamilienhäusern mit versengten Dachstühlen und verwilderten Gärten drehten sich Spanferkel am Spieß vor schattigen Weinlauben, Plakate vor Riesenbaustellen versprachen bunte Erholungswelten.

– Weiter fahr ich heute nicht mehr, sagte mein Mann, als es zu dämmern begonnen hatte. Nach Šibenik folgten wir einem Richtungspfeil in die nächstgelegene Ortschaft, vorbei an einem Restaurant, einer Konoba und einem Fleischhauer. Das Auto-Camp lag hinter der Kapelle mit dem Friedhof. Wir übernachteten in unseren Schlafsäcken unter freiem Himmel und beschlossen am Morgen, die Zelte aufzustellen.

Dann gingen wir ins Meer. In der Bucht hinter dem Campingplatz hatte man den Krieg entsorgt. Die Karosserie eines Militärjeeps lag im türkisen Wasser, riesige Autoreifen, ein aufgerissener, rostiger Betteinsatz. Beim Schnorcheln will ich Fische sehen und Seegraswiesen, Muscheln, Seepferdchen oder zumindest Seegurken. Doch die Zeltheringe steckten gut verankert in der Erde, die Kochstelle war eingerichtet, das Boot aufgepumpt.

Es wird noch andere Buchten geben, sagte mein Mann. Auch die Buben wollten bleiben. Unsere Zelte standen am Meer. Wir hatten viel Platz. Unter den Pinien war es kühl. Nur wenige Fahrzeuge hatten deutsche Kennzeichen. Eines davon musste Rolf gehören.

Mein Mann fluchte. Hol die Buben. Ich brauche eine anständige Glut!

– Wisst ihr, wo die Grillstellen sind?, fragte Rolf.

– Aber ja, sagte ich. Sie sind besetzt. Wir sind nicht die einzigen, die heute grillen wollen. Ich rief nach den Buben. Verschwitzt und atemlos ließen sie sich vor dem Zelt auf den Boden fallen. Rolf schaute zu, wie ich Gurken und Paradeiser für den Salat würfelte.

– Es gibt auch Restaurants im Ort, sagte er.

Wir schwiegen. Ich schnitt Zwiebel für den Zwiebelsenf. Die Buben stritten um den Blasebalg, bis mein Mann sie anbrüllte.

Später trat der Jüngere den Balg, der Ältere fachte mit dem Schlauch die Holzkohlen an. Mein Mann wedelte mit einem Stück Pappkarton, bis die Kohlen sirrten und er die Cevapčiči auf den Rost legen konnte, einige in Alufolie verpackte Erdäpfel darunter in die Glut.

– Habt ihr ein Bier für einen durstigen Mann?, fragte Rolf

– Nein, leider, sagte mein Mann.

– Aber Papa, sagte der Ältere. Er selbst hatte die Palette Bierdosen aus dem Auto geladen und einige davon gerade erst zur Kühlung ins Wasser gelegt. Auch er durfte heute ein Glas Bier trinken. Wir wollten den Ferienbeginn feiern.

– Schon gut, sagte Rolf. Macht zuerst das Essen fertig.

Wir hatten nur einen Klapptisch und vier Campingstühle und vier Gläser. Einer von uns würde sich zum Essen auf den Boden hocken und sein Bier entweder aus der Dose oder aus dem Zahnputzbecher trinken müssen.

Rolf machte keine Anstalten, von seinem Zelt einen Stuhl zu holen oder wenigstens ein Glas. Jeder bringt seine Sachen mit, wenn am Campingplatz eine Einladung ausgesprochen wird. Wir hatten Rolf nicht eingeladen.

– Machen Sie schon länger Ferien hier?, fragte ich

– Ich sagte doch, ich bin der Rolf, nenn mich Rolf. Nein ich mache keine Ferien. Ich mache Geschäfte.

Mein Mann schob mit der Grillzange die Cevapčiči an den Rand des Rostes und legte Bratwürste auf. Ein Paar für jeden von uns. Jemand würde teilen müssen.

Welche Geschäfte macht man in Zablace?

– Zablace ist bloß Stützpunkt. Von hier aus bearbeite ich Dalmatien. Zadar, Šibenik, Trogir, Split, Dubrovnik. Ihr habt doch die Brandruinen gesehen. Der Krieg. Aber jetzt wird wieder aufgebaut. Und Rolf ist zur Stelle. Leute, sage ich, ihr wollt nichts mehr hören vom Krieg. Hört mir zu. Ich sage euch, was zu tun ist. Nennt mich Rolf. Kauft meine Lärmschutzfenster. Fenster zu und ihr habt eure Ruhe. Mit Rolfs Lärmschutzfenstern bleibt der Krieg und aller Ärger draußen. Macht euch an den Neubeginn. Mit Rolfs Lärmschutzfenstern seid ihr dabei. So Kleiner, jetzt bringst du aber dem Rolf ein Bier, damit dein Papa die Würste lecker fertig brät.

Unsicher schaute der Ältere zu meinem Mann. Der reagierte nicht.

– Bring ihm eine Dose, sagte ich.

Zum Essen lehnte ich mich an einen Pinienstamm. Zu spät bemerkte ich das Harz auf seiner Rinde. Mein Paar Bratwürste trat ich an Rolf ab, meine Cevapčiči fanden auf einer Untertasse Platz. Das Bier hätte ich aus der Dose trinken können, aber ich nahm den Zahnputzbecher. Er war smaragdgrün und seine Farbe passte gut zu den Pinien und zum Meer. Wir hatten beschlossen, unsere Ankunft zu feiern. Dabei sollte es bleiben.

Vom Meer her kam wieder Wind auf. Er fuhr uns ins Gesicht, fegte die Papierservietten vom Klapptisch und zerrte an den Zelten.

– Heute steht der Grill besser, sagte Rolf. Schlau, wie ihr dieses Steinmäuerchen gebaut habt. So fällt der Grill nicht um. Der Wind ist nicht zu unterschätzen hier. Glaubt mir. Wind und Funkenflug. Da hab ich schon einiges erlebt.

Mein Mann hatte bereits stark humpelnd Würste und Ćevapčiči verteilt und sich dann in den Campingsessel fallen lassen. Er rührte sein Essen nicht an, trank das Bier in großen Zügen und starrte an uns vorbei hinaus aufs Meer. Im Gegensatz zu meinem Bier trugen die Wellen Schaumkronen.

Rolf aß die Ćevapčiči meines Mannes, die Buben teilten sich seine Bratwürste. Rolf trank, als sei er am Verdursten. Und er redete ununterbrochen. Er redete mit vollem Mund zwischen hastigen Schlucken, und dabei blickte er einmal zu mir und dann wieder zu meinem Mann. Unsere Gastfreundschaft, sagte er, wisse er zu schätzen und er werde sich revanchieren und uns alle ins Restaurant einladen. Aber vorher müsse er einige Tage weg. Ein großes Geschäft stehe vor dem Abschluss. Lärmschutzfenster für eine ganze Siedlung. Er habe ein Anliegen an uns. Nein, kein Anliegen, ein Angebot habe er für uns. Er biete an, uns an seinem Geschäft zu beteiligen. Eine Beteiligung wäre für uns in jedem Fall ein Gewinn. Wir investieren. Rolf sorgt für die Abschlüsse. Wir wären Partner und teilten uns den Gewinn. Wir wären Besitzer von soliden, doppelt verglasten Lärmschutzfenstern. Er zeigte uns ein Polaroidfoto. Darauf waren Fenster zu sehen. Sie standen in einer Halle, die bis an die Decke mit Graffiti besprüht war. Zugegeben, sagte Rolf, das seien Fenster mit Metallrahmen. Rolf habe sie als Konkursmasse ersteigert. Wie das eben sei. Auch er sei in den Strudel nach der Wende geraten. Abgebrannt. Ausgebrannt. Dann diese Chance. Jetzt bin ich mein eigener Herr und wenn ihr wollt, seid ihr meine Partner. Zugegeben, in Deutschland baue man jetzt Kunststofffenster ein, aber hier … Hier muss erst aufgebaut werden, bevor sie sich Kunststofffenster leisten können.

So ein Angebot bekomme man nicht jeden Tag, das wisse er. Wir könnten es uns überlegen. Aber um einen Gefallen bitte er uns sofort. Schließlich habe er nicht gemeldet, dass wir mit unserer Grillerei um ein Haar das Wäldchen, den Campingplatz, ganz Zablace in Brand gesteckt hätten. Jetzt seien wir dran mit einer Gefälligkeit. Mit einem Freundschaftsdienst. Mit einem Vertrauensvorschuss. Wir sollten ihm das Geld für seine Stellgebühr am Campingplatz geben. Vorübergehend sei er knapp bei Kasse.

– Ich lege mich jetzt nieder, sagte mein Mann. Er versuchte aufzustehen. Sein linkes Zehengelenk und sein Knöchel waren rot und geschwollen. Schwankend balancierte er auf einem Bein. Ich musste ihn stützen, damit er auf dem gesunden Bein zum Zelt hüpfen konnte.

– Fahrlässige Brandstiftung, das ist nicht billig hier, rief uns Rolf von unserem Klapptisch nach. Ich rechne mit euch!

Es war nicht leicht, meinen Mann ins Zelt zu bringen. Endlich lag er auf der Luftmatratze.

– Ich möchte die Buben nicht mit ihm allein lassen, sagte ich.

– Wirf ihn hinaus, sagte er.

– Was soll ich machen? Ihm den Sessel wegziehen? Den Tisch zusammenklappen? Warum ich?

Mein Mann verzog das Gesicht.

Wo war nur die Tasche mit den Medikamenten? Obenauf hatte ich die kleine Tablettenschachtel gesteckt. Colchicin. Das Gift der Herbstzeitlosen. Das einzige Mittel, das half, wenn der Anfall da war.

Ich rief nach dem Älteren. Gleich darauf drängten beide Buben ins Zelt. Der Mann hat unser Bier ausgetrunken, meldete der Jüngere, und mit den leeren Dosen baut er Pyramiden, die ihm der Wind umbläst.

– Lass ihn, sagte ich. Helft mir suchen. Wo ist die Taschenlampe. Wo ist die Tasche mit den Medikamenten?

Der Jüngere ließ sich auf die Luftmatratze fallen. Mein Mann stöhnte.

Draußen näherten sich Schritte. Dann schwankte das Zelt. Nichts für ungut, Partner, ich bin gestolpert. Die Kuppel neigte sich. Rolf schien sich an den Fieberglasstangen festzuhalten.

– Schleich dich endlich du Trottel!, brüllte mein Mann. Schleich dich. Lass uns in Ruhe.

– Nichts für ungut, Partner. Das Zelt richtete sich wieder auf. War ein schöner Abend mit euch. Schade. Den Grill hat es heute nicht umgeblasen. Dafür den Grillmeister.

Die Medikamententasche tauchte nicht wieder auf. Wir mussten sie daheim vergessen haben.

– Colchicin?, fragte ich in Apotheken. Gicht stand nicht in meinem Wörterbuch. Podagra, sagte ich und deutete auf das Zehengelenk, hüpfte auf einem Bein und sagte: bol, veliki bol, großer Schmerz. Freundliche Menschen in weißen Kitteln schüttelten bedauernd die Köpfe. Colchicin war auch hier ein starkes Gift und rezeptpflichtig.

Am Campingplatz fragte ich nach einem Arzt. Das Mädchen an der Rezeption schrieb mir die Adresse des Zahnarztes vom Ort auf. Ich erkundigte mich nach dem Stellplatz von Rolf. Ich kannte weder seinen Familiennamen noch sein Kennzeichen noch seine Automarke. Das Mädchen blätterte in Listen und Anmeldeformularen. Ich versuchte ihn zu beschreiben. Groß, so groß, dass seine Knie nicht unter unseren Klapptisch passten. Stoppelhaar, vermutlich mittelblond. Augenfarbe: Ich wusste es nicht. Ich hatte ihm nicht in die Augen gesehen.

Es gab keinen Mann namens Rolf auf dem Campingplatz.

– Er verkauft Lärmschutzfenster, sagte ich.

– Auf unserem Camp?, fragte das Mädchen. Wem verkauft er Fenster?

Der Wind drehte. Kalt fiel er vom Gebirge herab und trieb fauchend Gischt übers Meer. Die Pinien heulten. Mein Mann lag auf der Luftmatratze und konnte sich nicht rühren.

Ich kochte im Zelt. Brennnesseltee für meinen Mann und für die Buben Suppe. Für sie war der Sturm ein Abenteuer. Ich hielte es für besser, dass sie bei uns blieben. Mir war nicht wohl in dem ächzenden Zelt mit dem kranken Mann. Er stöhnte vor Schmerz. Draußen tobte die Bora.

Wir horchten auf das Pfeifen der Böen und das Flattern der Sturmleinen. Manchmal glaubten wir, Sirenen zu hören. Wir hofften, unsere Zelte würden dem Sturm standhalten.

Nach zwei Tagen legte sich die Bora und auch der Gichtanfall klang ab. Mein Mann kroch aus dem Zelt und humpelte zum Strand. Das Meer war wieder blau und ruhig.

– Bleiben wir?, fragte ich.

– Ich weiß nicht, sagte mein Mann.

Von der dem Campingplatz vorgelagerten Insel stieg Rauch auf.

– Ich dachte, sie sei unbewohnt, sagte mein Mann.

Und dann sahen wir genauer hin. Die Insel hatte ihren grünen Saum verloren. Geblieben war das verkohlte Skelett der Macchia. Schwarzes Gehölz. Darüber zartblauer Himmel, davor tiefblaues Meer.

– Dort hinüber brauchen wir nicht mehr rudern, sagte mein Mann.

– Es wird noch andere Inseln geben, sagte ich.

Bei unserer Abreise schwelte der Brand auf der Insel immer noch. Funkenflug, erklärte man uns bei der Rezeption. Die Ursache sei Funkenflug. Fahrlässige Brandstiftung. Ein Mann sei verhaftet worden. Er habe auf der Insel campiert und trotz der vielen Warn- und Verbotsschilder Feuer gemacht. Der Mann sei seit längerem gesucht worden, weil er Grundstücke verkaufen wollte und Apartments, die nicht ihm gehörten.

– Keine Lärmschutzfenster?, fragte mein Mann.

– Warum denn Fenster?, fragte der Mann an der Rezeption.

Sehnsucht nach Tamanrasset

Die Männer des Gartenamtes kamen mit Leitern und Motorsägen angerückt, und ich sah ihnen bei ihrer Arbeit zu. Ast um Ast krachte auf den Boden bis nur mehr Stämme mit knotigen Stümpfen dastanden. Ich war erleichtert. Im Winter bin ich zurechtgekommen. Ich weiß nicht, was das Frühjahr bringen wird. Ich muss nur an den Duft der Lindenblüten denken. Mir ist nicht wohl dabei. Die Zeit möchte ich zurechtstutzen, sie aufhalten in ihrem Fortschreiten.

Als es später an der Tür klingelte und ein Nachbar mit einer Liste vor der Tür stand, auf die auch ich meinen Namen setzen sollte, habe ich unterschrieben. Ich habe mit meiner Unterschrift gegen die Verstümmelung der Linden protestiert. Es ist wegen dem Kind. Ein Kind braucht weit ausladende Äste. Ein Kind braucht den Schatten der Bäume.

Das Kind bestimmt mein Handeln. Jetzt bin ich verantwortlich für das Kind. Ich versuche, möglichst wenig falsch zu machen. Ich weiß noch immer so wenig von diesem Kind. Es ist mein Kind. Es hat ihre Augen und ihre Nase. Es hat ihre Gesten. Es stemmt die Hände in die Hüften und steht da, mit leicht ausgedrehten Beinen, wichtig und be-

stimmt. Zum Einschlafen führt es seine Daumen-
nägel an die Ohrläppchen. Im Schlaf schnauft es
manchmal laut auf und ein Lächeln huscht ins
Zimmer.

Ich versuche, mich mit Zahlenrätseln abzulen-
ken. Das Grübeln würde mir den Schädel spren-
gen. Ich schlafe noch immer nicht gut, aber ich
kann schlafen. Ich habe keinen Alkohol mehr im
Haus. Die mit der Schnapsflasche in der Hand
durchwanderten Nächte liegen hinter mir. Ich sage
mir, es gibt keine Antwort. Es ist, wie es ist. Sie ist
weg. Sie ist fortgegangen, aber sie hat nicht uns
verlassen. Sie hat sich für diesen Weg entschieden,
vielleicht führt er sie eines Tages zu uns zurück.
Dann wird sie da sein, so selbstverständlich, wie
sie gegangen ist. Ich denke, es ist ihr nicht leicht-
gefallen, tatsächlich aufzubrechen. Ich wünsche mir,
das Heimkommen wird ihr nicht schwerfallen.

Was ist mit dem Kind?, fragte ich sie als fest-
stand, dass es ihr ernst war. Mach dir um das Kind
keine Sorgen. Das Kind versteht. Das Kind ist klug.
Es war unsere letzte gemeinsame Nacht. Ich bin
nach ihr ins Badezimmer. Sie nimmt Vollbäder. Ich
halte Duschen für hygienischer und ökonomischer.
Im Bad tappte ich in ihre Wasserlachen. Auf dem
Regal mit den Handtüchern hatte sie ein Buch
liegenlassen. Ich interessierte mich nicht für die

Lektüre meiner Frau. Sie las ununterbrochen, oft drei Bücher zur gleichen Zeit. Ein Morgenbuch, ein Nachmittagsbuch und ein Nachtbuch. Ich dachte, sie stehle sich aus der Wirklichkeit mit ihrer Leserei. Ich hatte ihr das vorgeworfen. Ich hasste ihre Schlamperei. Auf dem Fliesenboden der Toilette, im Kinderzimmer, in der Küche, überall lagen ihre aufgeschlagenen Bücher, mit Eselsohren und strapazierten Rücken. Büchereimahnungen lagen im Briefkasten und auf der Mailbox hinterließen Buchhändler Nachrichten. Das Buch auf dem Regal hätte ich nie angerührt, aber ich dachte, im Bad könne es nass werden. Ich hob das Buch auf. Dabei rutschte etwas heraus und fiel zu Boden. Ich bückte mich danach. Notizzettel mit Zeichen einer fremden Schrift und eine Karte. Darauf waren mit Filzstift schwarze Linien und rote Kreise eingezeichnet. Plötzlich stand sie in der Tür. Du weißt es also. Das ist gut. Ich legte die Landkarte in ihre fordernd ausgestreckte Hand. „Michelin" las ich auf der Rückseite der Karte. Ich stellte keine Fragen. Sie ging. Ich stellte mich unter die Dusche. Ich wusch mich sorgfältig, wie jeden Abend. Ich wischte mit der Hand über den angelaufenen Spiegel, fuhr über mein Kinn und entschied mich für eine Nassrasur. Ein zufriedener Mann mit eingeschäumten Backen blickte aus dem Spiegel. Das Haar dunkel und dicht, die kleine kahle Stelle von vorne noch gar nicht erkennbar. Beinah hätte ich, wie sonst auch, zu pfeifen begonnen.

Später lagen wir nebeneinander im Bett. Ich fragte: Wann? Sie sagte: Übermorgen. Ich fragte: Wie lange? Sie sagte: Das wird sich zeigen. Ich fragte nicht wohin und ich fragte nicht warum. Ich dachte einfach, sie bluffe. Ich beschloss, mich an diesem Spiel nicht zu beteiligen. Lange horchte ich nach den Geräuschen von draußen. Hin und wieder fuhr ein Auto vorbei, wummernde Basstöne drangen zu uns ins Schlafzimmer. Später dann schwere Tritte im Stiegenhaus und der Laufschritt des Zeitungsausträgers. Ich wartete auf das Morgengrauen und das Geschrei der Vögel, aber in den Bäumen blieb es still. Neben mir ihr Atem. Leise und regelmäßig. Sie schläft, dachte ich, und wenn der neue Tag kommt, wird sie wieder vernünftig sein.

Sie stand vor mir auf. Sie ging zum Bäcker um frische Semmeln, kochte Kaffee, Kakao und Tee und wischte verschüttete Milch vom Tisch. Sie steckte dem Kind Vollkornbrot und Obst in den Rucksack, und dann machten sich beide auf den Weg in den Kindergarten, wie jeden Tag.

Na also, dachte ich und fuhr in die Arbeit. Am Mittwoch holte immer ich das Kind vom Kindergarten ab. Im Supermarkt kaufte ich Steaks, eine

Flasche Rotwein und Eiscreme. Die Einsicht war nicht ihre Sache und das Nachgeben auch nicht. Als Geste des guten Willens war ich bereit, den ersten Schritt zu tun. Ich war an den Streitereien ebenso wenig interessiert wie sie, aber in letzter Zeit gerieten wir wegen jeder Kleinigkeit aneinander.

– Mit dir kann man auch nur mehr über Socken reden!, hat sie mich einmal angebrüllt.

– Mit dir muss man über Socken reden, schrie ich zurück. Du bist nicht imstande, die einfachsten Handgriffe zu tun.

Ich hatte es eilig in der Früh, wegen einer wichtigen Besprechung, und in meiner Lade fand ich wieder nur ein Gewirr verschiedener einzelner Socken.

– So räumt man keine Socken ein. Socken werden paarweise übereinander gestülpt. Schau her.

Ich fuhr mit der Hand in einen Socken hinein bis zur Spitze, fasste die Spitze des zweiten und zog den ersten darüber. Das Sockenpaket warf ich ihr gegen die Brust.

– So macht man das.

– Aber du hast doch nur schwarze Socken.

– Natürlich habe ich nur schwarze Socken, ich habe verschiedene schwarze Socken, schau her, der ist aus Baumwolle, der ist aus Zwirn, der ist gerippt, und der ist aus einem Wollgemisch. Schau sie dir doch an, siehst du den Unterschied wirklich nicht oder willst du ihn nicht sehen?

Ich hatte die Lade herausgerissen und den Inhalt auf den Parkettboden gekippt.

– Du bist ein Arschloch geworden.

– Und du eine Schlampe.

Ich ließ sie stehen. Am Abend war der Sockenberg weg und in der Lade rollten sich ordentliche Sockenbällchen. Seither hatten wir nur das Notwendigste miteinander gesprochen. Das Kind sollte die Verstimmung nicht spüren. Für die Schlampe wollte ich mich entschuldigen.

Am Donnerstag kam ich zu spät in die Agentur, weil ich das Kind versorgen und in den Kindergarten bringen musste. Am Nachmittag kam Berife, wie jeden Donnerstag, und verrichtete ihre Arbeit.

– Wo ist die Frau?

– Zu ihren Eltern gefahren.

– Kommt Frau länger nicht? Soll ich einkaufen?

Berife kochte Gemüsesuppe, bevor sie ging.

Am Freitag nahm ich das Kind zur Arbeit mit. Ich hatte Außendienst. Wir fuhren auf die Hochebene. Von der Landwirtschaft allein lebt hier keiner mehr. Die männlichen Bewohner pendeln in die größeren Städte. Die Frauen bleiben zurück mit Kindern und Vieh. Viele Gewerbebetriebe der Region sind abgewandert, viele haben zugesperrt. In den Orten gibt es keine Geschäfte mehr, keine

Schule, keine Handwerker, keine Gasthäuser und keine Post. Der Autobus kommt nur mehr zwei Mal am Tag vorbei. Jetzt soll ein umfassendes Tourismuskonzept Menschen und Leben in die Region zurückbringen. Für das Projekt Wanderreiten bin ich verantwortlich.

Ich musste mit den Bürgermeistern Investitionspläne, Bilanzen, Statistiken und Werbelinien besprechen. Dann besuchten wir Partnerbetriebe. Das Kind wurde auf Haflinger und Islandpferde gesetzt und herumgeführt. Eine Bäuerin lud uns in die Stube ein, eine andere zeigte uns die frisch renovierten Fremdenzimmer und die Spielecke.

– Jetzt müssen halt auch die Gäste kommen. Werden Gäste kommen?

– Das will ich hoffen, sagte ich.

Auf Nebenstraßen fuhren wir über die Hügel in die Stadt zurück. Wir ließen uns Zeit, kletterten auf eine Burgruine und liefen ein Stück in den Wald hinein. Eine rote Sonnenkugel tauchte in die Wellen des Hochlandes und färbte den Himmel.

– Abendrot, sagte ich.

– Abendlila, sagte das Kind.

Es war längst finster, als wir nach Hause kamen, und unsere Wohnung still und leer. Ich bestellte Pizza beim Zustelldienst.

Am Samstag besuchten wir den Tierpark, am Sonntag meine Mutter. Am Montag fragte mich die Kindergärtnerin, ob wir beide zum Elternabend kämen.

– Nein, sagte ich, meine Frau ist verreist und ich habe niemanden für das Kind.

– Das ist aber schade, sagte die Kindergärtnerin.

Als meine Frau am Dienstag noch immer nicht daheim war, musste ich mir freinehmen, obwohl das Projekt Wanderreiten gerade in einer äußerst sensiblen Phase war. Am Donnerstag kam Berife wieder.

– Die Frau kommt länger nicht, sagte sie. Sie wusste etwas. Wenn Sie wollen, komme ich am Morgen und versorge das Kind. Ich mache dann die Arbeit, ich putze, ich wasche die Wäsche, ich koche, bis die Frau wieder kommt.

Mir blieb keine Wahl. Seither bringt Berife das Kind in den Kindergarten, sie kocht für uns, sie besorgt den Haushalt. Das Kind mag Berife. Ich weiß bis heute nicht, wo meine Frau Berife kennengelernt hat. Eines Tages war sie da. Das ist Berife. Sie kommt aus Dyabakir. Sie kann nicht mehr heim. Sie ist Kurdin. Sie wird uns im Haushalt helfen. Seither half Berife, jeden Donnerstag von zwei bis sechs.

Wäre Berife nicht gewesen, hätten sie mich wahrscheinlich auch noch des Mordes verdächtigt und mir das Kind weggenommen. Das Kind hat das Verschwinden der Mutter ganz gut verkraftet. Auch das Kind schien etwas zu wissen.

102

– Mama ist arbeiten, sagte das Kind, weit weg, und es zeichnete Punkte, Striche und Halbkreise, Mama wird so einen Brief schreiben. Bald.

– Ja, ja, sagte ich, Mama ist arbeiten.

Das Kind wollte nicht mehr allein schlafen. Nacht für Nacht stand es an meinem Bett oder weinte in seinem Zimmer. Auch ich schlief nicht gut in dieser Zeit, zu viel Schnaps, zu viele Fragen. Der kleine warme Körper neben mir gab mir Halt. Ich hatte Verpflichtungen. Sie richteten mich wieder auf.

Die Kindergartenleiterin rief mich an. Sie müsse mit mir sprechen. Sofort. Sie fürchte, das Kind sei verhaltensauffällig. Ich nahm mir frei. Ich war untertags noch nie im Kindergarten gewesen. Ich sah meine Tochter mit anderen Kindern fröhlich in einer Puppenküche hantieren. Sie blickte überrascht auf und lachte mir zu. Sein Spiel unterbrach es nicht.

Im Büro der Kindergartenleiterin wurde mir eine Psychologin vorgestellt. Sie sollte an dem Gespräch teilnehmen. Ob mir das recht sei? Sie habe auch mit dem Kind gesprochen. Es gebe Grund zur Annahme, dass das Kind Probleme habe. Die Kindergartenleiterin räusperte sich und rutschte auf ihrem Sessel hin und her. Sehen Sie, sagte sie und zeigte mir Zeichnungen. Ihre Frau ist immer noch verreist? Wo ist sie? Die Psychologin blickte mich prüfend an. Auf der einen Zeichnung waren zwei Gesichter, ein kleines und ein großes, über einem riesigen gemusterten Viereck zu sehen. Auf der anderen ein großes blaues Krokodil mit weit aufgerissenem Maul, zwischen vielen spitzen Zähnen ein rosa Kind mit schwarzer Haarschleife.

– Das ist ein Krokodil, sagte ich.

– Ja, ein Krokodil, das ein Kind frisst. Und auf der anderen Zeichnung ist ein Mann zu sehen, der mit einem Kind im Bett liegt. Wir haben Ihr Kind gefragt, der Mann sind Sie, das Kind Ihre Tochter.

– Ja, sie liegt bei mir im Bett, sagte ich.

– Hat das Kind kein eigenes Bett?

Jetzt begriff ich, worauf sie hinauswollten. Sie sprachen das Wort nicht aus, aber sie dachten es. Mein Gott. Ich dachte nicht an das Kind, welche Fragen sie ihm vielleicht schon gestellt hatten. Das war ja lächerlich. Ich dachte an das Projekt. Mein Gott. Wenn sie jetzt in der Agentur auch noch herumfragen, wenn aufkommt, dass mich meine Frau verlassen hat, wenn sie mich von dem Projekt abziehen, weil ich mir wegen des Kindes schon wieder frei nehmen musste.

Sie holten meine Tochter hinzu.

– Sag uns noch einmal, was hast du da gemalt.

– Ein Krokodil und ein Mädchen.

– Wie heißt das Mädchen?

– Hannah.

– So wie du?

– Ja.

– Bist du das Mädchen?

– Ja.

– Was macht das Krokodil mit dir?

Das Kind erzählte eine verworrene Geschichte von Haarmaschen aus Glitzersamt und Krokodilen, die eigentlich rosa sein sollten, wegen des rosa Kindes aber nicht rosa sein konnten. Jedenfalls, und das schien sehr wichtig, handelte es sich um kein böses Krokodil und um kein trauriges, verletztes Kind.

– Und die andere Zeichnung?

– Das sind der Papa und ich.

– Wo seid ihr da?

– Unter einer Musterdecke.

– Was macht der Papa da mit dir?

– Er erzählt mir zwei Geschichten.

– Welche Geschichten?

– Eine Pferdegeschichte und eine Kamelgeschichte. Er erzählt mir eine Pferdegeschichte, weil in seiner Arbeit Ponys wichtig sind, und eine Kamelgeschichte, weil die Mama mit Kamelen arbeitet. Kamel heißt *mehari*.

– Wir würden gerne ihre Tochter in ihrer vertrauten Umgebung sehen, sagte die Psychologin.

– Selbstverständlich, sagte ich.

Ich rief in der Firma an und sagte, ich müsse mit dem Wagen in die Werkstatt.

Berife war noch da, als wir nach Hause kamen. Sie merkte sofort, dass mit diesem Besuch etwas nicht stimmte. Sie redete wie ein Wasserfall.

– Hannah ist mein Äpfelchen, sagte sie, und dann sagte sie zu dem Kind etwas in einer fremden Sprache und das Kind antwortete in dieser Sprache und Berife strahlte.

– Berife heißt Schneeglöckchen, sagte das Kind.

Später schrie ich mit dem Kind. Es war eine Überreaktion. Das Kind dürfe nie wieder Krokodile zeichnen, schrie ich, und Leute, die im Bett liegen. Und Berife solle sich unterstehen und noch einmal kurdisch reden mit dem Kind, mein Kind spricht deutsch, schrie ich, und soll keine Zigeunerin werden wie seine Mutter.

Die Zeit der Heimlichkeiten ist vorbei. Meine Frau hat alles von langer Hand vorbereitet. Sie hat mit dem Kind gesprochen, sie hat Berife Anweisungen gegeben, sie hat sich impfen lassen, sie hat sich Visa und Aufenthaltsgenehmigungen besorgt, sie hat arabisch gelernt und *tamaschek*, sie hat Kontakte geknüpft, Sponsoren gesucht und Reisevorbereitungen getroffen. Ich hatte von all dem nichts mitbekommen und sie für faul und aufsässig gehalten. Ich habe sie am Zustand meiner Sockenlade gemessen.

Die Bögen, Punkte und Striche, die das Kind zeichnete, sind Zeichen des *tifinag*, der Schrift der Tuareg. Meine Frau zieht mit Nomaden durch die Sahara. Was willst du bei den Kameltreibern, hätte ich zu ihr gesagt, wenn sie mir von ihrem Vorhaben erzählt hätte. Das geht doch nicht. Sie kennt mich besser als ich sie. Sie hat mir nichts gesagt. Ich habe ihr nicht zugetraut, dass sie weggeht. Ich habe ihr nichts zugetraut. Sie hat mir zugetraut, dass ich alleine zurechtkomme. Dem muss ich jetzt gerecht werden.

Meine Frau arbeitet an einem Forschungsprojekt. Ihre Aufgabe ist es, Lieder und Lyrik der Tuaregfrauen zu sammeln, ihre Poesie zu dokumentieren, bevor auch die Kultur dieses Volkes für immer verloschen ist. Das Kind zeichnet ein Kamel mit langen Spinnenfüßen und einem großen Buckel, dem ein beutelähnliches Gebilde an der Seite herunterhängt. *Gerba*, sagt das Kind. Die *gerba* ist eine zusammengenähte Ziegenhaut, ein Wasserschlauch. Das Wasser bleibt in der gerba auch bei größter Hitze kühl. Während Wüstendurchquerer heute gerne eine *gerba* an die Außenseite des Jeeps hängen, transportieren die Nomaden ihr Wasser längst in ausgebeulten Mobiloil-Kanistern. Das Kind wusste mehr als ich. Ich habe dann begonnen, die Bücher meiner Frau zu lesen. Ich bin lange vor ihrer Bücherwand gestanden. Ich kam mir fremd und ausgeschlossen vor und fühlte mich anfangs nicht befugt, in diesen Büchern ihren Gedanken nachzuforschen.

Anfang Februar kam ein Brief. Er war an Berife, meine Tochter und mich adressiert. Herzliche Grüße aus Tamanrasset. Tamanrasset liegt am Fuße des Hoggar Gebirges auf fast 1.400 Meter Meereshöhe. Tamanrasset liegt mitten in der Sahara. Es geht ihr gut. Der Winter war kalt, jetzt ist *tafsit*, die Jahreszeit, „die weder heiß noch kalt" ist. „Ich bin auf den Spuren der *Dassin Ult Ihemma*, der berühmten Dichterin der *Kel Ahagger*, der Leute vom Hoggar-Gebirge. Diese Wüstenstadt ist unserer Donaustadt sehr ähnlich. Auch Tamanrasset ist eine Perle der Provinz." Dem Brief waren zwei Photos beigelegt. Meine Frau in einem blauen, um Körper und Kopf geschlungenen Tuch vor einer Ansammlung von schwarzen Zelten inmitten einer weiten Geröllebene. Am zweiten Photo steht meine Frau windzerzaust vor einem roten, niedrigen Lehmhaus, neben ihr ein targi mit dem Gesichtsschleier, der nur die Augen frei lässt. Im Brief ein PS für mich: „Ich habe bereits die Reise von Agadez nach Tamanrasset hinter mir. Es war sehr schwierig. Man wollte uns nicht über die Grenze lassen. In Agadez könntest du dir Schi oder Snowboard ausleihen und über die Sanddünen flitzen.

Es lebe der Fremdenverkehr. Siehst du den Mann auf dem Photo? Ich bin Gast seiner Frau. Ihre Armut ist groß. Ihre Gastfreundschaft grenzenlos. Sein Vater war Fürst. Er ist Nachtwächter. Sein Hemd stammt aus einer österreichischen Kleidersammlung. Ich hoffe, du erkennst die Karos. Jetzt, wo die Tuareg ihre Unabhängigkeit aufgeben müssen, zur Sesshaftigkeit gezwungen werden, schicken wir ihnen unsere Wanderhemden. Da geht es um Würde, um ihre und um unsere. Frohe Weihnachten. Denk daran, Berife ist jetzt nicht mehr Putzfrau, sondern Kinderfrau und Haushälterin. Ich werde mich melden."

Mit dem Kind unternehme ich ausgedehnte Spaziergänge. Das Kind hat viel von seiner Mutter. Wir fahren hinaus aufs Land. Wir lassen das Auto stehen und laufen über verschneite Felder dem Horizont entgegen. Berife kocht Bulgur, Pilaw und Joghurtsuppen mit dünnen Fladen. Über den Türstock hat sie ein blaues Amulett aus Glas gehängt, ein Auge, das den bösen Blick abwehrt. Wenn ich nicht zu Hause bin, spricht Berife mit dem Kind kurdisch. Hannah singt kurdische Kinderlieder. In meiner Gegenwart sprechen sie deutsch. Berife hat Fortschritte gemacht. Sie spricht beinah fehlerfrei. Manchmal knackt und rauscht es auf dem Band des Anrufbeantworters. Ich denke mir, dass es sich um eine Nachricht aus Tamanrasset handelt. Oder aus In Shalah. Ich weiß nicht, an wen sie gerichtet gewesen wäre. Ich weiß nicht, wie ich mich verhalten würde, wenn meine Frau wiederkäme. Auch den Sommer werden wir alleine verbringen müssen. Für den Urlaub habe ich ein Zelt gekauft.

Ich fahre jeden Tag hinauf auf die Hochebene. Das Projekt wird scheitern. Die Gäste bleiben aus. Die Gemeinden haben Schulden, die Bauern bekommen keine Kredite mehr. Das Schwimmbad bleibt Rohbau, die Islandpferde müssen verkauft, die Pferdeschlitten versteigert werden. Mir wirft man vor, ich hätte schlecht beraten. Ich versuche zu retten, was zu retten ist. Ich arbeite an dem Projekt „Golf und Wanderreiten". Gleich neben dem Golfplatz soll ein Seminarhotel errichtet werden. Das bringt zahlungskräftige Gäste und schafft Arbeitsplätze. Die Bewohner wehren sich gegen den Golfplatz. Wir suchen Investoren für ein Clubdorf mit regionalem Charakter.

Ich spüre, wie verdrossen ich an die Arbeit gehe. Ich habe mich an konstanten Größen orientiert. Ich brauche diese Stützen, die das Leben im Gleichlauf halten. Eine solche Stütze war der Mann im grünen Jogginganzug. Solange er da war wusste ich, es geht weiter. All die Wintertage, die ich auf die Hochebene fuhr, kreuzten sich unsere Wege. Gleich nach der Autobahnabfahrt stand er entweder am rechten oder am linken Straßenrand, ich sah ihn auf die Straße zulaufen, an der Straße stehen, über die Straße laufen, von der Straße weglaufen. Seit einer Woche ist er nicht mehr da. Lustlos mache ich mich auf den Weg und doch voller Hoffnung, er könnte wieder am Straßenrand stehen. Vielleicht läuft er eine andere Route und quert erst später die Straße. Auch dieser Gedanke ist mir kein Trost. Seit der Mann nicht mehr da ist, weiß ich erst, wie verloren ich bin.

Nach der Arbeit blättere ich in den Büchern und Karten meiner Frau. Ich möchte wissen, wie es in der Sahara riecht. Ich möchte auf das Hochplateau des Assekrem und auf die roten Vulkanschlote, Felsnadeln, Kraterwände und Explosionslöcher schauen. Diese Landschaft scheint mir abweisend wie meine Frau. Ob sich unsere Wege jemals wieder kreuzen werden? Wie zwei Parallelen in der Unendlichkeit? In der Sprache der Tuareg gibt es keine Abstrakta. Das Unfassbare beschreiben sie mit Gleichnissen und Rätseln: *Der Mensch reist immer vor sich her.*

Just another city

Der Regen tat der Stadt nicht gut. Mit Allradantrieb frästen sich Pendler aus dem Umland in den Morgenstau. Auf breiten Reifen pflügten sie mit ausladenden Wasserflügeln durch Regenlachen, bis Bremslichter die wilde Jagd stoppten. Vorbei war es mit der freien Fahrt, und um zumindest in konstantem Schritttempo voranzukommen, sahen sie nur die Möglichkeit, den Zebrastreifen zu ignorieren.

Rosa wünschte sich ein Gewehr für die Großwildjagd. Sie hätte durchgeladen, auf Reifen gezielt und Geländewagen um Geländewagen zur Strecke gebracht. Sie hatte nur ihren kleinen grünen Schirm. Er ließ sich auf Handtaschengröße zusammenschieben, war windfest und bot im Dauerregen ein zuverlässiges Dach. Er war nicht für das Duell mit einem Fahrzeug konstruiert, das ihr mit blitzendem Frontschutzbügel auf Brusthöhe gefährlich nahe gekommen war. Hinter der getönten Scheibe ein schreiender Fahrer. Seine Stimme hörte sie nicht. Sie sah den aufgerissenen Mund und ungeduldige Hände. Sie versuchte Blickkontakt aufzunehmen. Der Fahrer schien auditiv geprägt und begann zu hupen. Die Autos dahinter stimmten ein. Ruhig. Ruhig. Ruhig. Ganz ruhig. Rosa schüttelte den Kopf und wies auf die schwarz-weiße Bodenmarkierung, auf der sie stand. Der Fahrer hupte weiter und tippte sich an die Stirn. Rosa zeigte ihm den ausgestreckten Mittelfinger. Der Motor des Geländewagens heulte auf. Sie sprang auf den Gehsteig. Reifen schrillten. Der Wagen fuhr scharf an ihr vorbei. So schnell konnte der kleine grüne Schirm das Lackenwasser nicht abwehren. Nasser Stoff klebte auf kalten Schenkeln.

Rosa Estl, das war knapp, dachte sie. Diesen Ort der Auseinandersetzung hättest du nicht als Siegerin verlassen. Ein Schirm ist kein Schwert und kein Schild. Er schützt vor Regen, nicht vor 300 Pferdestärken. Rosa drehte den Schirm. Die Zentrifugalkräfte trugen die Wassertropfen in feinen Perlensträngen davon.

Die nachfolgenden Fahrer schickten Flüche und Verwünschungen. Rosa sah verzerrte Gesichter und unwirsche Gesten. Sie benötigte keine Übersetzungshilfe für diese Zeichensprache. Der Ärger hatte ihr den Atem genommen und die Schlagfertigkeit. Sie suchte nach einem passenden Schimpfwort für alle. Es fiel ihr keines ein. Künftig würde sie beim Weggehen nicht nur das Fernglas und den kleinen grünen Schirm in die Tasche stecken, sondern auch einen langen Nagel. Am großen Parkplatz an der Donau würde sie ihr Zeichen in schwarzen Metallic-Lack setzen. Später würde sie sich an den

Zebrastreifen stellen, um ihr Werk an den aus der Stadt hinaus ruckelnden Cayennes, Touaregs und Cherokees zu betrachten.

Immerhin. Sie hatte das Band der roten Lichter auseinandergerissen. Einen Augenblick lang hatte sie für Stillstand gesorgt und die hinter angelaufenen Windschutzscheiben voneinander separierten Mitmenschen zu einem vielstimmigen Hupchor zusammenfinden lassen. Sie war beim Überqueren der Straße nicht überfahren worden.

Rosa wollte nicht lange in der Wohnung bleiben. Sie musste wieder hinaus. Es gab viel zu tun. Sie steckte die nassen Kleider in die Waschmaschine und drückte auf „Sparprogramm". Sie frottierte Kopf und Körper, bis das Haar trocken war. Mit der Gänsehaut schwand der Ärger. Im Bügelberg kramte sie nach frischer Wäsche. Unterhemd, Hose, Strumpfhose, Jeans, Leibchen, Pullover. Dieser Jahresbeginn lag nicht im statistischen Durchschnitt. Zuerst war es zu kalt, dann zu nass. Regen folgte Minusgraden. Ein Sonnentag im Februar. Vom Atlantik schob der Wind unablässig dichte Wasserschleier heran. Ein stabiles Tief mit ergiebigen Niederschlägen. Das Ende schien nicht absehbar.

Der Regen tat Rosa nicht gut. Mit ihm war die Angst wiedergekommen.

Sie schlief schlecht. Schreiend tauchte sie auf aus schweren Träumen. Sie rang nach Luft. Die bösen Geister, die eben noch auf ihrer Brust gehockt waren, zogen sich ins Netz in die linke Ecke des Plafonds zurück. Davor hielt eine Spinne Wache. Rosa kannte das Spiel. Sie warten, bis ich eingeschlafen bin, dachte sie. Dann stürzen sie sich auf mich. Sie lag im Bett und horchte auf ihren Atem. Stoßweise kam er aus der bebenden Brust, in der ein aufgescheuchtes Herz raste. Acht Spinnenaugen registrierten jede Regung. Ruhig. Ruhig. Ruhig. Keine Panik. Sie schloss die Augen, zählte langsam bis zehn und öffnete sie wieder. Die Spinne saß an ihrem Platz und starrte sie an. Jemand hatte das Zimmer betreten. Jemand hatte das Zimmer verlassen. Rosa spürte den Luftzug. Das Netz am Plafond war in Bewegung geraten. Ein Mann löste sich aus dem Dunkel. Er trug einen breitkrempigen Hut. In der Hand hielt er eine Rohrzange. Rosa konnte sich nicht rühren. Der Blick der Spinne hatte sie gelähmt. Der Mann kam auf sie zu. Noch ein Schritt, und sie würde sein Gesicht erkennen. Der Mann hob die Zange. Er öffnete das Zangenmaul. Das Herz drängte zum Hals hinaus. Rosa hörte sich schreien. Sie schrie, schrie, schrie, und als ihr das Herz aus dem Mund schnellte, hatte sie sich herausgeschrien aus dem Traum im Traum und fand sich aufrecht sitzend im Bett wieder. Verstört, verschwitzt, mit wild pochendem Herzen. Draußen rauschte der Regen.

Rosa hielt es nicht mehr lange aus in dieser Wohnung. Die Angst lauerte in den Ecken, hinter jeder Tür. Betrat Rosa ein Zimmer, versteckte die Angst sich und wartete ab. Sie wartete nie lange. Wenn Rosa nicht damit rechnete, wenn sie die Zimmerpflanzen goss und vertrocknete Blätter wegzupfte, wenn sie Spaghetti ins kochende Wasser gleiten ließ, wenn sie den Pensionsbescheid in die Mappe zurücklegte, dann sprang die Angst Rosa an. Von hinten. Sie nahm ihr die Luft. Sie nahm ihr die Stimme. Sie ließ sie zittern.

Um die Angst in Schach zu halten, ließ Rosa das Licht brennen. Sie schaltete in der Nacht das Radio nicht aus. Sie stellte den Wecker auf vier Uhr früh. Zu dieser Zeit stürmte der Zeitungsausträger im Laufschritt die Stiegen hinauf und warf die Zeitungen auf die Fußmatten. Rosa horchte. Einmal hatte sie die Tür zu früh geöffnet und war mit dem Zeitungsausträger zusammengeprallt. Beide waren erschrocken. Der Mann war ein Nachbar und kam aus Ghana. Er hatte keine Zeit für ein längeres Gespräch, Rosa mit der Angst im Nacken keine Kraft.

Fiel die Haustür wieder ins Schloss, öffnete sie leise die Wohnungstür. Im Morgengrauen las sie die Zeitung und trank starken schwarzen Tee mit Milch.

Rosa hatte sich vorgenommen, das Abonnement zu kündigen. Die Zeitung war nie für sie geschrieben worden. Sie sah die Welt mit anderen Augen. Beim Lesen hatte sie das Gefühl, es werde von einer anderen Welt berichtet. Von einer Welt, in der es sie nicht mehr gab. Sie war vorzeitig pensioniert worden. Aus gesundheitlichen Gründen. Das hatte sie aus dem Wahrnehmungsbereich geschoben. Von ihr war kein Geld mehr zu erwarten und keine Sensation. Rosa kämpfte ums Überleben, ganz normal, ohne Scheinwerfer und Mikrofon. Es gab keine Nachfrage nach solchen Leben. Das Angebot war zu groß.

Rosa aber konnte sich dieses Bild von der Welt nicht mehr leisten. Der Ausschnitt war zu klein. Sie wollte auch die Ränder sehen. Vom Fernseher hatte sie sich längst verabschiedet. Das Radio hatte Schonfrist. Cello, Oboe und Kontrabass trugen sie durch die gellende Stille der Nacht. Wenn die Stimme der Nachrichtensprecherin die Musik unterbrach, hörte sie weg.

Seit einigen Tagen gab es Meldungen, die Rosa wieder aufhorchen ließen. Von einem unerklärlichen Vogelzug wurde berichtet. Riesige Vogelschwärme näherten sich der Stadt. Die Vögel stammten aus den Gebieten der Tundra. Ihrem Flug nach Südwesten hatten sich weitere Schwärme angeschlossen. Ungewöhnlich war der Zeitpunkt der Reise, ungewöhnlich die lange Strecke, ungewöhnlich die große Zahl der Vögel. In der Zeitung war die Nachricht innerhalb weniger Tage von der letzten Seite des Chronikteils auf die erste vorgerückt und dabei vom Fünfzeiler zur dreispaltigen Hauptgeschichte gewachsen. Auch die Berichterstattung hatte sich geändert. Selbst das Qualitätsblatt hielt den Stil der sachlichen Mitteilung angesichts des ungewöhnlichen Ereignisses nicht mehr für angebracht und verkündete: Invasion der Wacholderdrosseln!

Rosa hatte sich für die Flucht aus dem Bett und die Flucht aus der Wohnung entschieden. Die Angst blieb zurück, wenn Rosa aus dem Haus trat. Rosa Estl war eine Rastlose geworden. Jeden Tag machte sie sich auf den Weg. Mit dem Rad. Mit dem Bus. Mit der Straßenbahn. Zu Fuß. Es zog sie zu den Rändern der Stadt. Es zog sie in die Au, in die Laubwälder an den Hügeln, zu den Feldwegen auf den Höhen. Sie schlüpfte durchs Gebüsch auf eine Wiese, sah auf Zylinder, Quader und Kegel, verbunden durch feine Linien, getrennt durch ein breites Band. Bei diesem Anblick wurde sie ruhig. Die Stadt war überschaubar geworden.

Ans Ufer der Donau ging Rosa jeden Tag. Mit dem kleinen grünen Schirm stand sie am Treppelweg oder am Damm oder auf der Brücke und schaute ins Wasser. Eisschollen, die sich anfangs in weißem Pelz aneinanderdrängten, waren durchscheinend geworden. Gläserne Flecken tanzten noch einige Tage auf kalten Wellen an ihr vorbei. Jetzt trieb Gesträuch im Wasser und manchmal ein junger Baum. Der Schiffsverkehr war eingestellt.

In der Regenzeit wurde Rosa bei ihren Erkundungen nass bis auf die Haut. Es störte sie nicht. Es war ein angenehmes Gefühl, lebendig zu sein und den Unterschied von warm und kalt, von trocken und nass zu spüren.

Wenn Rosa an die Zukunft dachte, passierte es noch immer, dass sie ins Gedankengestrüpp geriet und sich in einer Schlinge aus Sterben und Tod verfing. In einer dieser Nächte ohne Schlaf und Ruhe hatte sie begonnen, den Brutvogelatlas der Stadt zu lesen. Sie hatte ihn auf dem jährlichen Bücherflohmarkt der Stadtbücherei gekauft. Ein zerfledderter Band mit vielen Abbildungen, Tabellen und Karten. Ein Schnäppchen. Der Atlas hatte den Weg aufgezeigt und ihre Gedanken zu neuen Ufern fliegen lassen.

Rosa war eine ehrenamtliche Vogelbeobachterin geworden. Sie zählte Wasservögel. Bald würde sie Brutvögel beobachten, Sammelplätze notieren und die Flugzeiten des Vogelzugs. Sie hatte Wintergäste fotografiert. Spießenten, Zwergsäger, Sterntaucher. Sie träumte von einem Aufnahmegerät und einer neuen Kamera mit Teleobjektiv.

Ihre Aufzeichnungen fanden Eingang in die Datenbank der Vogelfreunde. Sie traf sich mit anderen Ehrenamtlichen und übernahm Aufgaben und Revier. Das Hafengelände und die Industriezeile wurden ihr Gebiet. Rosa hatte keinen Grund mehr, länger als notwendig in der Wohnung zu bleiben. Die Angst blieb sich selbst überlassen.

Auf ihren Streifzügen im Regen hatte Rosa den Ruf der Wacholderdrosseln nicht gehört. Der rasselnde Schrei wäre ihr aufgefallen. *Zi Zi Tschak Tschak Tschak. Tschak Tschak.* In der Stadt waren die Vögel kaum zu finden. Sie hielten sich im Umland auf. Wacholderdrosseln bauten aus feuchter Erde und Grashalmen moosgepolsterte Nester und brüteten in Kolonien. Schneckenhäuser knackten sie in „Drosselschmieden". Ein passender Stein diente als Amboss. Darauf zertrümmerten sie die Gehäuse der Bänderschnecken, um an die Weichteile zu kommen. Den Amboss verwendeten sie mehrmals. Um den Stein häuften sich Schalensplitter und löchrige Gehäuse. Drosselwerk.

Auffallend waren die feinen Muster des Federkleids. Der Kopf grau, ein weißes Band über dem Auge, der Rücken mit brauner Schuppenzeichnung, die Flügel außen braun, innen glänzend schwarz wie die Schwanzfedern, Kehle und Brust auf ockerfarbenem Untergrund schwarz gestrichelt, der Bauch weiß mit einem zarten Pfeilspitzenmuster in Schwarz an den Seiten. Bei der Nahrungssuche am Boden verschmolzen die Vögel im gesprenkelten Tarnkleid mit ihrer Umgebung, beim Fliegen strahlten sie in klaren Farben. Grau, Weiß und Schwarz.

Der breite, hohe Bus mit dem Buckel am Dach entließ bei der Haltestelle einen Schwarm älterer Leute. Sie nahmen sich Zeit beim Aussteigen, tasteten vorsichtig nach der Gehsteigkante, als wollten sie sich des festen Bodens versichern, bevor sie den zweiten Fuß darauf setzten. Auf der Linie 25 waren neue Busse der Verkehrsbetriebe im Einsatz. Umweltschonend, barrierefrei und benutzerfreundlich. Die Türen ließen sich durch leichtes Antippen eines Sensors öffnen. Um den Fahrgastwechsel zu beschleunigen, hatte Rosa einer Frau geholfen, auf das Festland zu gelangen, und stand dann vor verschlossenen Türen. Der Sensor reagierte nicht auf Handschuhdruck. Rosa trommelte auf das Busblech, bis die Tür von innen geöffnet wurde. Kopfschütteln, Misstrauen, Feindgebiet.

Im Bus roch es nach feuchter Kleidung und verbrauchter Luft.

122

Auf Sitzen und am Boden lagen Blätter der Gratiszeitung wie schmutziges Laub. Rosa fand einen Platz ohne Zeitungspapier und merkte zu spät, dass sie sich in ein Gespräch gesetzt hatte.

– Jetzt haben wir es, sagte die ältere Frau links neben ihr.

– Was haben wir?, fragte die Frau auf der rechten Seite.

– Jetzt kommen auch noch die Vögel.

– Es ist kalt dort unten, viel kälter als bei uns. Das sind Zugvögel. Sie warten halt, bis es wärmer wird.

– Aber wenn sie bleiben? So viel Futter haben wir nicht. Im Juni räumen sie dir den Kirschbaum ab.

– Machen das nicht die Stare und die Amseln?

– Alle Vögel sind auf Kirschen aus. Das ist es ja. Wenn die von da unten auch dableiben, na Mahlzeit.

– Ich kann mich erinnern, die hat man doch früher gegessen. Wacholderdrosseln – Krammetsvögel haben wir gesagt.

– Ja, die hat meine Mutter vom Markt gebracht.

– Der Jäger hat auch immer welche gehabt.

– Meine Mutter hat sie eingerieben mit einer zerdrückten Wacholderbeere, Salz, Pfeffer, in Speck eingewickelt und in Butter herausgebraten. Mein Vater hat eine Schüssel voll davon gegessen. Das war eine Delikatesse. Wir Kinder haben nur das Sauerkraut bekommen.

– Ich weiß gar nicht mehr, wie sie geschmeckt haben. War nicht viel dran an so einem Vogel.

Die Krammetsvögel, die frommen gebratenen Englein mit Apfelmus hatte Heinrich Heine im Wintermärchen gedichtet, und Rosa fielen Lobeshymnen in gar nicht so alten Kochbüchern über den wunderbaren Geschmack der Vögel ein. Besonders delikat schien ihr Fleisch in der kalten Jahreszeit zu sein, wenn sie Wacholder, Hagebutten und Vogelbeeren fraßen. Rosa selbst hatte von der Kalbsleber, auf die sie auf der Speisekarte einer Osteria nahe Mailand zwischen Froschrisotto und Fohlengulasch erleichtert gestoßen war, keinen Bissen mehr hinuntergebracht, nachdem der Wirt einen großen Teller mit Uccelli auf den Nebentisch gestellt hatte. Geschmorte Vögelchen. Dazu wurde Polenta gereicht.

Die Invasion der Wacholderdrosseln stand noch bevor. Mehr als zehntausend Vögel hatten sich im Grenzgebiet niedergelassen, weitere waren im Anflug und kleinere Schwärme von Seidenschwänzen hatten sich den Wacholderdrosseln angeschlossen. Einige Schwärme waren weitergezogen. Selbst die Gesellschaft für Vogelkunde war mit Prognosen vorsichtig. Es handle sich um Invasionsvögel. Wird im ursprünglichen Populationsgebiet der Lebensraum eng und das Futter knapp, sammeln sie sich und brechen in großen Schwärmen auf in weit entfernte Gebiete.

In der Gratiszeitung war die Vorhut der Invasion bereits gelandet. Berichte über das Ereignis füllten die Spalten zwischen den Anzeigen. Der Landesjägermeister, Passanten und Stadtpolitiker wurden befragt. Was war zu erwarten. Was war zu befürchten. Welche Maßnahmen waren zu treffen. Auf Seite eins wurde die Bevölkerung aufgerufen, Apfelhälften und Rosinen als Futter auszulegen, auf Seite drei darüber debattiert, ob die Vögel im Ernstfall zum Abschuss freigegeben werden sollten, und auf der selben Seite war zu lesen, dass große Schwärme der Wacholderdrosseln immer schon Pest und Unheil angekündigt hatten.

Auf der Eisenbahnbrücke tasteten sich Gegenverkehr und Bus vorsichtig aneinander vorbei. Darunter war die Donau breit geworden. Schäumend warf sie sich an die Uferböschung. Von der Treppe war nur mehr die oberste Stufe zu sehen. Auf sie prasselte der Regen.

Halbwüchsige mit Sporttaschen und umgehängten Eishockeyschuhen drängten in den Bus und bemächtigten sich vielsprachig der freien Plätze und der Ruhe. Stimmbruch war die vorherrschende

Tonlage im Autobus. An der Tabakfabrik und den Kränen der großen Baustelle vorbei nahm der Bus Richtung Süden Fahrt auf und brauste auf die Kondenswolken des Stahlwerks zu.

„Infoscreen" nannte sich der Flachbildschirm an der Fahrerkabine. In Bildern und Zeichen wurde zusammengefasst, was Fahrgäste wissen sollten. Die nächsten drei Haltestellen. Die Donau. Den Pegelstand. Die nächsten drei Haltestellen. Den Namen des Tages. Das Wetter. Zwei graue Wolken mit schrägen grauen Strichen unten, die dritte mit schrägen gelben Strichen oben. Die Außentemperatur. Die nächsten drei Haltestellen. Das Bild eines Vogels von der Größe einer Amsel. Daneben das Wort „Invasion".

An der Haltestelle Europaplatz verließ Rosa den Autobus der Linie 25.

Eine dichte Baumgruppe und ein Wassergraben bildeten die natürliche Grenze zwischen Segelflugplatz und Strom. Langsam tastete sich Rosa von Ast zu Ast. Sie besaß einen guten Feldstecher. Zeiss-Optik. Auch in der Dämmerung zu gebrauchen. Günstig erworben, ein älteres Modell. Schwer. Das war der Nachteil. Ohne Stativ war das Fernglas nicht lange ruhig zu halten. Rosas Hand begann zu zittern und der Blick flog über die Baumwipfel in die trübe Weite des Himmels. Rosa kehrte zur

Baumgruppe zurück und stellte scharf, bis nur mehr der Vogel vor ihren Augen war. Blaugrauer Kopf, dunkle Bartstreifen, weiße Kehle, helle, schwarz gefleckte Brust. Am Oberschnabel ein scharfer Zahn. Ein schlanker Vogel mit spitzen Flügeln und langem Schwanz saß im Geäst eines Baumes und beobachtete das Feld. Ein Turmfalke.

Am Flug hätte ihn Rosa mit freiem Auge erkannt. Während die Segelflieger nach dem Aufstieg mit der Winde die Thermik nutzen, um längere Strecken zu gleiten, stellt sich der Turmfalke gegen den Wind. Im Rüttelflug verharrt der Vogel lange Zeit an derselben Stelle. Er hält Ausschau nach Beute. Der Falke frisst kleine Säugetiere, Eidechsen und Vögel, die sich am Boden aufhalten. Mäuse-Urin reflektiert UV-Licht, das der Falke selbst unter geschlossener Schneedecke erkennen kann. Er steht in der Luft, lässt sich ein Stück sinken. Dann stößt er mit angelegten Flügeln auf seine Beute am Boden. Er tötet sie mit einem Schnabelhieb in den Nacken.

Wacholderdrosseln wehren sich gegen Greifvögel, Katzen und Marder mit einem Gegenangriff. Der Schwarm nähert sich in rasantem Flug dem Feind und bespritzt ihn mit Kot. Diese unerwartete Attacke schlägt Angreifer in die Flucht und macht sie, da der Kot auf Gefieder schnell hart wird, flugunfähig.

Dem Falken im Baum schien die Rütteljagd an diesem unfreundlichen Tag zu anstrengend zu sein. Er blieb auf dem Ast sitzen, ließ das Feld nicht aus dem Auge und auch nicht die Hecke unter ihm. Rosa klemmte sich den kleinen grünen Schirm zwischen Schulter und Hals und notierte, wann und wo sie den Turmfalken gesehen hatte.

Obwohl alle Flugzeuge im Hangar standen und von günstigen Winden träumten, überquerte Rosa das Feld nicht. Sie folgte dem Weg, der um das Feld und die Baumgruppe zur Donau führte. Der vom Regen aufgeweichte Boden schmatzte unter den Stiefeln. Rosa hatte sich vorgenommen, die große Runde vom Tankhafen bis zum Winterhafen zu gehen. Der Regen hatte aufgehört.

Rosa wanderte lieber in der Kälte durch Hafengebiet und Industriegelände, als daheim mit der Angst im Warmen zu sitzen. Sie war interessiert an den Veränderungen im Gebiet. Im vergangenen Jahr war eine Lagerhalle abgebrannt. Ein junger Brandstifter hatte Feuer gelegt. Durch Funkenflug hatte sich das Feuer ausgebreitet. Im neu errichteten Bürotrakt der Spedition barsten alle Fenster. Wochenlang lag Brandgeruch über dem Areal. Das schwarze Skelett des Lagerhauses und der blinde Büroturm der Spedition wiesen Rosa auf den Erkundungen den Weg ins neue Jahr. Bei ihrem letz-

ten Rundgang hatte sie gesehen, dass Bagger auf-
gefahren waren.

Regenlachen legten sich quer. Sie konnten im
Sprung nicht überwunden werden. Rosa wich
weiträumig aus, um nach kurzer Zeit wieder vor
einem See zu stehen. Des Mäanderns überdrüssig,
entschied sie sich für die Luftlinie und stapfte durch
altes, nasses Gras dem Damm zu. Ein Vogelschwarm flog laut schakernd über Rosas Kopf
hinweg zum Segelflugplatz. *Zi Zi Tschack Tschack
Tschack*.

In Dreierreihen lagen an der Donau die Last-
kähne vor Anker. Das Hochwasser hinderte die
Schiffe an der Weiterfahrt. Rosa beobachtete, wie
ein Mann und eine Frau vom äußersten Schiff auf
das mittlere wechselten. Sie balancierten über einen Steg zur Sprossenleiter des mittleren Schiffes.
Der Mann kletterte zuerst hinauf und reichte der
Frau die Hand, um sie nachzuziehen. Sie umarm-
ten und küssten sich. Hand in Hand balancierten
sie über das Deck des mittleren Schiffes. Der Kahn
war fest mit dem Schiff am Ufer vertäut. Der Mann
suchte nach einer geeigneten Stelle und sprang
hinunter auf das nächste Schiff. Er rief der Frau
etwas zu. Sie schien zu zögern. Dann sprang auch
sie und er fing sie mit beiden Armen auf. Sie küssten sich wieder und wiegten sich lange in fester
Umarmung. Im Schiff, das am Ufer vertäut war,

brannte Licht. Aus dem Inneren des Schiffes drang eine Männerstimme. Der Mann an Deck rief etwas zurück. Beide lachten. Eng umschlungen tastete sich das Paar an den Laderäumen vorbei zur Gangway. Der Steg war zu schmal für beide. Er ging voran, ohne ihre Hand loszulassen. Am Schotterweg angelangt, küssten sie sich wieder. Der Mann strich der Frau das Haar aus dem Gesicht und spielte mit dem Reißverschluss ihres Anoraks. Er schloss ihn, öffnete ihn und schloss ihn wieder. Er drückte sie an sich, küsste sie und setzte ihr die Kapuze auf. Hand in Hand kamen sie Rosa entgegen.

Die Frau winkte zuerst. Wegen der Kapuze hatte Rosa sie nicht sofort erkannt. Die Frau arbeitete auf dem Tankschiff im Hafen. Sie verkaufte Konservendosen, Wodkaflaschen, Dosenbier und Schokoriegel an die Matrosen der Donauschiffe. Rosa war in den letzten Monaten regelmäßig aufs Schiff gekommen. Sie rastete sich aus, sie wärmte sich auf. Glühwein, Tee mit Rum und Zitronentee mit Honig hatten sie gestärkt bei der Beobachtung der Wasservögel. Rosa war sich bei der Bestimmung noch nicht so sicher gewesen und hatte deshalb den Brutvogelatlas und zwei schwere Bestimmungsbücher mitgeschleppt. Schließlich hatte sie die Frau gebeten, die Bücher während der Beobachtung am Tankschiff zu lassen.

– Warum machen Sie das?, hatte die Frau vom Tankschiff Rosa gefragt.

– Wegen der Angst, hatte Rosa geantwortet.

Sie hatte niemand, mit dem sie darüber sprechen konnte. So begann sie, der Frau vom Tankschiff von der Pensionierung und den Ängsten zu erzählen.

– Sie haben es gut. Sie sind schon in Pension. Ich werde mein Leben lang nicht in Pension gehen können. Und die Frau vom Tankschiff erzählte Rosa vom Pächter des Schiffes. Nach Jahren der Schwarzarbeit wolle er sie jetzt doch anstellen. Sie vermute da einen Zusammenhang mit seiner Scheidung. Oft habe sie die Anstellung gefordert und ihm gedroht. Aber jetzt sei ihr die Unabhängigkeit wichtiger.

– So habe ich ihn in der Hand. Wer weiß denn, ob ich sie überhaupt erleben werde, die Pension. Haben Sie es mit dem Kreuz, weil sie schon gehen durften?

– Nein, ich habe es mit der Lunge, sagte Rosa, ich habe Krebs.

Erschrocken hielt sich die Frau vom Tankschiff die Hand vor den Mund und entschuldigte sich für ihre Fragen, die Rosa als aufdringlich und unsensibel empfinden müsse.

– Entschuldigen Sie bitte, das wollte ich nicht, das tut mir so leid.

– Aber warum entschuldigen Sie sich? Sie sehen doch, dass ich lebe.

– Darauf trinken wir, sagte die Frau vom Tankschiff. Sie heiße Maria, aber so wolle sie auf keinen Fall gerufen werden.

– Ich bin die Mädi.

Rosa winkte mit beiden Armen, und das Paar kam schneller auf sie zu. Mädi umarmte Rosa.

– Schön, dich hier zu sehen. Bei dieser Kälte. Kommst du mit aufs Schiff? Ich koche uns starken Tee.

– Ich wollte eigentlich in die andere Richtung gehen, sagte Rosa, die Vögel …

– Du kannst auch später nachschauen, ob noch alle da sind. Mädi lachte.

– Sie zählt Vögel, sagte sie zu dem Mann.

Der Mann hatte eine Raubvogelnase und braune Locken.

Er zog Mädi wieder an sich und gab ihr einen Kuss auf die Wange. Sie schmiegte ihre Wange in seine Hand.

– Oh entschuldige. Darf ich vorstellen. Das ist Cosmin. Er kommt aus Rumänien, aus Tulcea an der Donau. Seit einer Woche ist er hier. Er arbeitet auf dem Schleppschiff dort. Und kann nicht heim. Das Hochwasser. Die Donau ist für die Schifffahrt gesperrt. Er wird noch ein paar Tage bleiben müssen. Cosmin, das ist meine Freundin Rosa.

Sie sahen sich an. Seine Augen waren blau. Rosa streckte ihm die Hand entgegen.

– Angenehm, sagte Rosa und lächelte.

Cosmin lächelte auch. Er setzte an, etwas zu sagen. Da kam Wind auf und es wurde dunkel. Ein Vogelschwarm zog über sie hinweg, hinweg, hinweg. Im Geschrei und Geflatter verfinsterte sich der Himmel. Neue Schwärme folgten vom anderen Ufer der Donau. Riesige schwarze Vogelwolken. Über ihren Köpfen entluden sie sich in einem noch nie zuvor gehörten Laut. Der Schwarm zog eine weite Schleife, kehrte zurück und drehte ab zum Flugplatz. In der aufgeladenen Luft blieb der Schrei der Krammetsvögel stehen.

Cosmin blickte erschrocken zum Himmel.

– Sie sind da, sagte Rosa.

– Cosmin spricht nur ein paar Brocken Deutsch, sagte Mädi, aber Englisch kann er besser als ich.

– *Welcome in Linz*, sagte Rosa. *You like it?*

– *Oh*, sagte Cosmin, *it's just another city.*

Inhalt